AF397535

Roman

seelentherapie

wer hoch fliegt – fällt auch tief

TWENTYSIX – Der Self-Publishing-Verlag
Eine Kooperation zwischen der Verlagsgruppe
Random House und BoD – Books on Demand
© 2015 Erik Sam Springer

Umschlaggestaltung: Elena Erhardt
Umschlagfoto: © markus dehlzeit – fotolia

Herstellung und Verlag:
BoD – Books on Demand, Norderstedt

ISBN: 978-3-7407-0913-6

Der Autor

Erik Sam Springer wurde 1986 in Regensburg geboren und lebt in Straubing. Bereits im Alter von 16 Jahren schrieb er Kommentare zu großen Sportereignissen. Ebenso verfasst der Autor gerne lyrische Texte und Gedichte. Seelentherapie ist sein Debütroman.

Anmerkung

In diesem Roman sind alle Personen und deren Handlung frei erfunden.

Inhaltsverzeichnis

Marks privater, schulischer und beruflicher Werdegang

Hey Doc, ich möchte mich kurz vorstellen, mein Name ist Mark Zoller, eigentlich bin ich nur ein stinknormaler Mann, der kurz vor seinem 30. Geburtstag steht. Ich bin weder sonderlich reich noch außerordentlich sexy. Besondere Begabungen hab ich an mir noch nicht feststellen können, ein Workaholic bin ich auch nicht – nein, ich bin eher ein Lebemann… Freizeit kann man nicht genug haben, oder?

Ich war auch nie der Ladykiller, der jeder Typ gern sein würde. Warum ich dennoch Erfolg bei den Damen hatte und habe, liegt an meinem Charme und den Umgangsformen, da ich ein Kavalier der alten Schule bin. Doch eines, das war ich immer: Ehrlich. Das Problem an der Ehrlichkeit ist einfach, dass man sich damit nicht allzu viele Freunde macht, außer bei den Menschen, welche jenes Prädikat tatsächlich verdient haben.

Aufgewachsen bin ich in einer Stadt mit dem schönen Namen Rosenheim. Ich war der Erstgeborene meiner Eltern Erich und Monique, welche alles führten, aber beileibe keine harmonische und glückliche

Ehe. Schläge für Mutter und mich gehörten zu der beliebtesten Freizeitaktivität meines Vaters. Ja, ich weiß, Sie werden jetzt denken, immer diese Alkoholiker und ihre Aggressivität – nein, Dad war nie ein Alki, aber er war mit seinem Leben immer unzufrieden, weil er nie das erreicht hat, was er sich vorgenommen hatte. Ein Grund seines Scheiterns war meine Mum, da sie sehr ehrgeizig war und alle ihre Träume und Ziele verwirklichen konnte, die sie sich gesteckt hatte. Der zweite Grund war ich, denn ich war ein »Unfall« und hinderte Erich daran, sein Leben und seine Jugend genießen zu können. Genauso war ich auch hinderlich daran, dass er seinen beruflichen Aufstieg forcieren konnte. Alles in allem waren Monique und ich die am besten geeigneten Ventile, um seiner Aggression freien Lauf zu lassen. Letztlich muss ich jedoch festhalten, dass ich heute keinen Hass mehr hege gegen diesen Menschen, der sich Vater nennt, sondern vielmehr Mitleid.

Ja, Doc ich soll Ihnen Auskunft über mich selbst geben? Aufgewachsen bin ich größtenteils in der Obhut meiner Mutter, mit drei Jahren kam ich in den Kindergarten, um mit sieben in die Schule überführt zu werden. Schulisch war ich eigentlich recht erfolgreich, zumindest in den Klassenstufen eins bis vier. Notentechnisch hätte ich es auf das Gymnasium geschafft, aber mein Lerneifer war nicht wirklich der größte – ich war stinkfaul – und so führte mein Weg auf die Realschule. Auch hier konnte mich der Arbeitseifer nicht packen und so machte ich die mittlere Reife mit einem Notendurchschnitt von 2,9. Ich finde für einen Dauerurlaub, welchen ich mir in den Klassenstufen fünf bis zehn verordnet hatte, ist das doch noch relativ passabel.

Und abgesehen davon war es mir sowieso wichtiger, das weibliche Geschlecht zu studieren und meinen Charme spielen zu lassen. Ebenso war es meine Berufung, der Klassenclown zu sein und das Sprachrohr der Klassengemeinschaft, daher war ich mit meinem Notendurchschnitt im Abschlusszeugnis doch mehr als recht zufrieden.

Apropos Schule: Anzumerken ist, dass ich die achte Klasse wiederholen musste, da ich es nicht für sinnvoll erachtet hatte, Mathematik und Physik zu pauken. Im darauffolgenden Schuljahr musste ich die Realschule wechseln, da ich meiner Klassenleitung lautstark und sehr eindringlich mit den Worten: »Frau Rampf, mit Verlaub, Sie sind ein Arschloch«, meine Meinung einverleibte. Die Lehrerin unterstellte mir nämlich, dass ich für das kollektive Versagen, der Klasse bei einer Mathematik Schulaufgabe, verantwortlich sei.

Wie Sie erkennen, meine Meinung hielt ich nicht hinter vorgehaltener Hand zurück, aber mit den Konsequenzen konnte ich meist gut leben.

Anschließend meinte Monique, ich solle doch ruhig über den zweiten Bildungsweg mein Abitur nachholen, da ich es ihrer Meinung nach in der Birne hätte, aber mein Lerneifer bislang nicht mit meinem Geistesvermögen konform gehen wollte.

Was denkt ein junger, aufstrebender Rebell natürlich: Muttern redet Quatsch. So entschied ich mich für eine Berufsausbildung zum Bürokaufmann. Ja, das waren auch wieder drei Jahre ohne Stress und ohne wirklicher Belastung für mich, meinen Gesellenbrief habe ich eher schlecht als recht gemacht – aber wen interessiert es?

Hm, falscher Gedankenansatz als Dankeschön für meine »Nichtleistung« durfte ich die Firma nach der Ausbildung verlassen, da der Chef weit mehr von mir erwartet hatte.

Da ich aber rhetorisch immer schon sehr gewandt war, stellte es kein Problem dar, gleich einen Job in einem anderen Büro zu ergattern. Dies war jedoch sehr kurzweilig. Zum einen, weil ich mich in dieser Firma nicht wohlgefühlt habe, und zum anderen, weil der Geschäftsführer alles in mir sah – nur keinen geeigneten Bürokaufmann. Nachdem dieses Arbeitsverhältnis in beiderseitigem Einvernehmen aufgelöst wurde, stellte sich zum wiederholten Mal die Frage: Was tun?

Im Hinterkopf waren mir Mutters Worte: »Du hättest das Zeug, Abitur zu machen.« Ja, diesmal tat ich es. So machte ich erst einmal mein Fachabitur und anschließend dann mein Vollabitur, jedoch beide Male mit eher mittelprächtigem Erfolg. Hier konnte ich mir den Vorwurf des mangelnden Eifers nicht gefallen lassen, es fiel mir tatsächlich schwer, mit dem Lernstoff starke Ergebnisse zu erreichen – aber ich hatte jetzt das Abitur!

Tja, was also macht der Kerl nach dem Abitur? Gute Frage, ich weiß es nicht. Mein Traumstudium war Sportjournalismus, denn Sport bereicherte mein Leben und ich war die Sportbibel in Person … jedoch scheiterte die Idee des Studiums an meinem Notendurchschnitt und für die Privatakademien hatte ich nicht die nötigen Peanuts, denn woher sollte ich 4000 Euro pro Semester nehmen? Somit musste ich diesen Traum schnell begraben.

Es wurde mir empfohlen, Lehramt mit den Fächern Deutsch und Geschichte zu studieren, da ich angeblich gut mit Kindern könne und sehr geduldig sei. Auch der Zugang zu den Menschen fiele mir sehr leicht, das hieß es von meinen Großeltern und von meiner Mutter.

Schön, dachte ich mir, ihr haltet ja offensichtlich sehr viel von mir – aber Lehrer? Nein, Mark, du bist kein Lehrer und wirst es auch nie sein. Abgesehen davon wollte ich niemals in die Fußstapfen Moniques treten, da diese zum einen viel zu groß für mich waren und zum anderen verfolgte ich einen ganz anderen Weg.

So ließ ich es mit dem Studium sein und entschied mich, aufgrund der Tatsache, dass ich gerne Menschen um mich hatte, für ein Praktikum im Krankenhaus als Krankenpfleger. Dort gefiel es mir wirklich sehr gut und hier bekam ich die Wertschätzung, die ich oftmals in meinem Leben vermisst hatte.

Angestachelt vom Praktikum bewarb ich mich umgehend um eine Lehrstelle als Gesundheits- und Krankenpfleger. In drei Häusern bekam ich eine Zusage, entschied mich dann aber für das Spital in Starnberg. Während der ersten beiden Lehrjahre verlief die Ausbildung wunderbar. Bewertungen, Noten, Berufsschule alles lief wie am Schnürchen. Im letzten Ausbildungsjahr taten sich dann einige Probleme auf, sei es beruflicher oder privater Natur, sodass ich mich immer weiter in die Abgeschiedenheit zurückzog …

… und jetzt sitze ich vor Ihnen, Doc, und hoffe, Sie können mir helfen.

Verhältnis
Eltern – Mark

Ja, das Leben spielt schon oft verrückt mit einem. Aber was erzähl ich Ihnen da? Das wissen Sie selbst am besten.

Wenn ich rückblickend auf meine Kindheit schaue, stelle ich immer wieder fest, dass ich eigentlich relativ streng erzogen wurde und mir Gefühle, im Sinne von Umarmungen, oder ein: »Ich habe dich lieb« von meiner Mutter gefehlt haben. Nach der Scheidung von Erich und Monique übernahm meine Mutter ebenso die Rolle des Vaters. Verstehen Sie es nicht falsch, ich bin ihr überaus dankbar dafür, aber so richtig erfahren, was Liebe bedeutet, habe ich nicht. Ich wurde oft belehrt, was Leistung ist, sei es schulisch oder beruflich. Muttern brachte mir bei, den Haushalt zu führen und zeigte mir auch die handwerklichen Dinge – sie war und ist ein wahres Allroundtalent. Doch eines konnte sie mir nicht beibringen: Wie man richtig mit Gefühlen umgeht.

Wenn ich als Kind weinen musste, dann hörte ich oft ein: »Du bist ein Junge. Jungs weinen nicht!« Daher lernte ich schnell, meinen Kummer und meine Ängste zu verheimlichen und teilweise auch zu verbergen. Früh verstand ich für mich also: Du hast Probleme, behalte sie für dich und löse sie. Aber löse sie allein, denn niemand wird dir dabei helfen und dich unterstützen.

Natürlich habe ich auch viele Fehler gemacht, die das Verhältnis zu meiner Mutter nicht unbedingt positiv geprägt haben – wenn es mir mal wieder an Geld fehlte, was nicht selten der Fall war, so nahm ich gern ihren Geldbeutel und holte mir, was ich brauchte. Geld und ich, das war lange Zeit ein Problem. Ich habe immer versucht, über meinen Verhältnissen zu leben – ich denke, ich wollte irgendetwas darstellen, was ich nicht war und auch nie sein würde. Vielleicht wollte ich so Selbstachtung vor mir erlangen, ich weiß es ehrlich gesagt nicht mehr, aber vorstellbar wäre es durchaus.

Ebenso kann ich mich an einen Streit mit meiner Mutter erinnern, wobei ich ein einziges Mal tätlich wurde. Ich wollte sie nur wegschubsen, sie ließ aber nicht ab – ich habe ihr dann einen heftigeren Stoß gegeben und sie fiel in eine Glasvitrine. Ich wollte sie niemals verletzen und auch nie handgreiflich werden, hatte ich doch zu oft erlebt, wie Erich die Hand gegen Monique und mich erhob. Das waren für mich die schlimmsten Ereignisse, und ich denke mir, Mum wurde so kaltherzig in Bezug auf meine Erziehung, weil sie diese körperlichen sowie geistigen Misshandlungen Vaters auf diese Weise verarbeitete: »Lass keine Gefühle rankommen an dich – dann kannst du auch nicht verletzt werden.« Zurück zu meiner Handgreiflichkeit – es war das erste und einzige Mal in meinem Leben, dass ich die Hand gegen einen Menschen erhob, der mir am Herzen lag. Und ich hasse mich auch heute noch dafür – das war ein Fehler, den ich mir niemals verzeihen möchte und den ich nicht vergessen kann …

So kompliziert meine Kindheit auch gewesen sein mag, nein – auf meine Mutter lasse ich nichts kommen. Sie war es, die mich großgezogen hat, wenn auch auf die Art und Weise eines Generals, und mir Manieren und Anstand beibrachte. Auch wenn wir nicht die herzlichste und emotionalste Mutter-Sohn-Bindung haben, so würde ich niemals etwas auf Monique kommen lassen, denn Blut ist bekanntlich dicker als Wasser.

Warum ich da so denke?

Es sollte etwas wie Ehre, Dankbarkeit und Anerkennung im Leben geben und diesen Respekt hat sich Mum durchaus verdient.

Wie ich über meine Mutter als Menschen denke, wollen Sie wissen, Doc?!

Ja, Monique hatte keine leichte Kindheit – hier muss ich anfangen, das Thema zu erörtern. Ihre Mutter verließ sie, ihren Bruder und ihren Dad, als Monique fünf Jahre alt war. Von dort an musste Mum den kompletten Haushalt ihrer Familie übernehmen, d. h. kochen, waschen, putzen, einkaufen, all das war ihre Aufgabe. Ich denke, daher kommt auch ihr Hang zum Perfektionismus, denn sie war ihrer Familie nie gut genug. Manchmal schmeckte das Essen nicht, es war nicht gut geputzt. Kritik musste Monique nicht nur von ihrem Papa einstecken, nein, sogar ihr Bruder äußerte Zweifel an ihr.

Dadurch, dass meine Mutter sehr früh und sehr schnell erwachsen werden musste, hat sie einen großen Teil ihrer Kindheit verloren. Eine unbeschwerte Jugend hatte sie auch nicht. Vorwürfe und Peinigungen waren die Folge der Scheidung ihrer Eltern, sowohl durch ihre Familie als auch durch Schulkameraden. Denn in den 60-er Jahren war es eine Schande, wenn man ein Scheidungskind war. So wurde Monique auch von ihren Lehrern und Mitschülern behandelt als ein Kind, das Unglück über seine Familie gebracht hatte. Manchmal denke ich über die Kindheit meiner Mutter nach und muss ehrlicherweise zugeben: Nein, sie hatte wirklich eine verkorkste Kindheit und ich habe allen Respekt davor, wie sie ihr Leben in die Hand genommen hat und ihre Träume verwirklichte. Und noch mehr Ansehen hat sich Monique verdient, da sie nie Ausflüchte suchte, wenn etwas nicht so lief, wie es laufen sollte. Nein, sie probierte und arbeitete solange an ihren Vorhaben, bis sie realisiert und von Erfolg gekrönt waren.

Ja, meine Mutter ist wirklich ein toller Mensch und rückblickend muss ich durchaus anerkennen, dass sie mich niemals fallen lassen hat.

Hatte ich sie belogen, gut, dann gab es Ärger und gelegentlich Stubenarrest, hatte ich ihr wieder einmal Geld aus der Brieftasche entwendet, musste sie mich von der Polizeiwache holen, hatte ich wieder einmal schulisch versagt…

Ja, es gab Ärger und ich musste mit einer disziplinarischen Lektion, die sich gewaschen hatte, rechnen!

Jedoch, und das werde ich ihr immer hoch anrechnen, niemals, aber wirklich niemals verlor sie den Glauben an mich und meine guten Seiten. Sie unterstützte meine Vorhaben immer. Auch wenn Monique es meist nicht zeigen konnte – doch sie stand hinter mir und hielt mir den Rücken frei. Ehrlich gesagt, kann ich heute nicht mehr sagen, wie oft sie mich aus aussichtslosen Lagen herausgeboxt hat.

Auch wenn es jetzt sentimental wird – aber es interessiert mich nicht die Bohne – Doc, ich liebe meine Mutter über alles auf der Welt.

So, Doc, jetzt wissen Sie, wie ich über Monique denke und welche Gefühle ich für sie aufbringe.

Doc, meine Beziehung zu Erich …

Wie soll ich sagen? Wir hatten nie einen gemeinsamen Nenner und auch nie ein Vater-Sohn-Verhältnis. Jedoch gab es ein prägendes Erlebnis – nein diesmal nicht mit Prügelattacken, sondern aus seinem Mund während eines Telefonats: »Du bist den Namen Zoller nicht wert, du bist eine Schande für die Familie!«, so hallt es auch heute noch in meinem Kopf. Der Anlass für diesen Satz: Ich wollte am Wochenende nicht zu ihm kommen (Eltern waren da schon geschieden), weil ich auf die Geburtstagsfeier meines besten Freundes gehen wollte.

Mit diesem Satz, war das Tischtuch zwischen uns völlig zerschnitten und ich habe auch keine Lust und kein Verlangen danach, Kontakt zu ihm und seiner neuen Familie aufzubauen.

Wie heißt es bekanntlich: Man sieht sich immer zweimal im Leben. Und auch hier ließ mich das Schicksal nicht verschont. Da mein Vater immer unzufrieden war, und mittlerweile Frührentner ist, fiel ihm ein, er habe einen arbeitenden Sohn, welcher ihn und seine Frau finanziell unterstützen könne.

Butter bei die Fische – er verklagt mich auf Unterhalt, als Dankeschön für meine verkorkste Kindheit – gern Erich, ich zahle jederzeit!

Nun ja, anfangs gab ich mir schon die Schuld daran, dass unser Verhältnis ist, wie es ist – nämlich keines. Als kleiner Junge erfährt man Ablehnung und Desinteresse seitens des eigenen Vaters, sodass man sich denkt, irgendetwas falsch gemacht zu haben.

Mark, bist du vielleicht der ausschlaggebende Punkt, warum die Ehe deiner Eltern nicht geklappt hat? Das war die Frage, die ich mir oft gestellt habe – überwiegend nachts vor dem Einschlafen kam mir der Gedankenansatz immer wieder in den Sinn. Im Laufe der Zeit begriff ich dann aber, dass nicht ich der Ursprung allen Übels war – sondern Erich seine Wut und seinen Hass auf die Welt an Monique und mir ausließ.

Im Alter von 22 Jahren habe ich einen letzten Anlauf gestartet und versucht, das Vater-Sohn-Verhältnis wieder herzustellen. Es blieb bei dem Versuch – denn Erich ist, war und wird immer Erich bleiben.

So musste ich mich an den Spruch erinnern: »Trenne dich von unnötigem Ballast, denn er zieht dich runter«, und so leid es mir auch tut/tat. Es ist die richtige Entscheidung, meinen Dad nicht an meinem Leben teilhaben zu lassen.

Ja, Doc – ich bin etwas abgekommen vom Thema. Sie fragten, was ich für Gefühle habe, wenn ich über Erich nachdenke.

Gefühle … mh … lassen Sie mich bitte einen Moment überlegen, denn es fällt mir gerade schwer. Ich weiß nicht, ob das Wort »Gefühl« passend ist.

Ich würde mittlerweile wirklich sagen, dass ich Mitleid mit Erich habe. Denn all seine Ziele, die er im Leben verfolgte, konnte er nicht verwirklichen. Hier muss ich mein Mitleid jedoch etwas relativieren, denn meist hatte er auch nicht das nötige Engagement und Herzblut bei der Sache. So wollte er die mittlere Reife auf der Abendschule nachholen. Zu der Zeit war ich schon geboren und meine Mutter unterstützte diese Entscheidung Erichs. Jedoch merkte er, dass das

Lernen nicht unbedingt Zuckerschlecken ist und so warf er entnervt hin. Damit war auch sein Traum, in der Beamtenlaufbahn der Deutschen Post auf der Karriereleiter nach oben zu klettern, passé. Ja, ich weiß bis heute nicht, warum ein erwachsener Mann wie Erich, noch immer dran glaubt, einmal einen Ferrari in der Garage zu haben und in einer Villa zu wohnen – zumal er von der Pension des Frührentnerdaseins lebt. Ebenso hat er eine Hartz-IV-beziehende Ehefrau geheiratet, welche zwar ein Haus besitzt, dass sie von ihren Eltern vererbt bekam. Somit lebt er zwar mietfrei, aber realistisch ist ein 250.000 Euro Sportwagen dennoch nicht.

Ob ich meinen Vater hasse, Doc?

Nein, ich hasse ihn wirklich nicht. Ich denke, ich habe eine Abneigung ihm gegenüber. Das resultiert einfach daraus, dass er meine Mutter seelisch und körperlich misshandelt hat. So etwas vergebe und vergesse ich nicht. Man kann zwar immer behaupten, dass man etwas nicht gewollt hat, aber mit dieser Ausrede kommt er mir nicht davon. Er kann Geschehenes nicht rückgängig machen und seine Fehler entschuldigen, die er zweifelsohne gemacht hat. Meine Mum hat ihm viel ermöglicht, sowohl finanziell als auch karrieretechnisch, aber er hat diese Möglichkeiten nie ergriffen und gab daher Monique die Schuld an seinem persönlichen Versagen. Was mich mein Dad gelehrt hat?

Ganz einfach: Wenn du glücklich sein willst, geh deinen Weg, mach dein Ding und steh dazu. Manchmal muss man einen Preis zahlen und auf die Fresse fliegen, aber am Ende wirst du dein Ziel erreichen.

Somit lehrte er mich eine Lektion im Leben: Du bist alleine für dein Glück verantwortlich – niemand sonst!

Sie glauben mir nicht, dass ich keinen Groll auf meinen Erzeuger hege, Doc? Sie haben mich durchschaut.

Fakt ist: Ich wünsche diesem Menschen nichts Gutes und ich hoffe, dass er irgendwann die Rechnung für seine Taten bekommt, die er auch wirklich verdient hat. Ich weiß, dass ich Erich abgrundtief verachte, denn wer seinen Sohn auf Unterhalt verklagt, nur weil er ein stinkfauler Hund ist und nicht arbeiten gehen möchte, von so jemanden will ich nur Abstand halten. Sollte er eines Tages das Zeitliche segnen, dann hoffe ich, dass er zur Hölle fährt und dort bis in alle Ewigkeit im Feuer schmoren muss.

Was mich meine Kindheit lehrte, möchten Sie wissen?

Früh lernte ich: Frauen und Kinder sollen mit Respekt behandelt werden. Ich möchte niemals mehr meine Hand gegen einen Menschen erheben – doch einmal tat ich es. Niemals mehr, das hab ich mir geschworen, egal wie sauer ich bin, wie ausweglos eine Situation sich darstellt. Kein Mensch auf Gottes Erde hat es verdient, von einem anderen geschlagen zu werden. Ich weiß nicht warum, aber ich weiß eines: Ich denke, diese Schläge in meiner Kindheit haben mich geprägt, und mir auf der einen Seite gezeigt, dass es niemals eine Rechtfertigung gibt, jemanden tätlich anzugreifen, da jeder Mensch doch seines Glückes Schmied ist. Im Gegenteil: Durch Prügel macht man sich mehr Probleme als man eh schon hat – es zerstört Gefühle, Liebe und Zwischenmenschliches. Auf der anderen Seite wurde mir klar: Selbstachtung verliert man vor allem durch seine eigenen Taten – und wer selbst mit sich selbst nicht im Reinen ist, besitzt nicht die Fähigkeit, andere Menschen um sich herum zu bereichern oder glücklich zu machen. Das war die lehrreichste Lektion aus dieser Zeit und ich denke auch, dass es die prägendste war.

Mark und der Sport

Doc, da Sie jetzt schon einiges über mich und meine Familie kennengelernt haben, würden Sie gern wissen, ob ich Hobbys habe oder hatte. Ja, ich hatte ein Hobby und sah es als Berufung.

Ich werde Ihnen erzählen, was es auch heute noch ist und was ich dafür alles getan habe. Es fing eigentlich ganz einfach an, denn als kleiner Junge von vier Jahren nahm mich mein Nachbar einmal mit in ein Eishockeyspiel des Schlittschuh-Clubs Rosenheim. Seitdem war ich infiziert mit dem Virus Hockey.

So meldete mich meine Mutter Monique beim SC Rosenheim an, und ich erlernte im Alter von vier Jahren das Schlittschuhlaufen. Mit sechs durfte ich bereits bei den Bambini (jüngste Kindermannschaft) antreten und mein damaliger Trainer erkannte meine natürliche Begabung für diesen Sport. Er forderte und förderte mich nicht nur im Mannschaftstraining, sondern gab mir zusätzliche Privatstunden. Er machte aus mir einen Vollblutstürmer, der durch Schnelligkeit, Kaltschnäuzigkeit und Cleverness schwer auszuschalten war. Durch meine kleine, hagere Statur konnte er natürlich keinen körperlich agierenden Spieler aus mir formen, nein: Ich war ein kreativer Techniker, der durch kluges und schnelles Denken punkten konnte.

Mit acht Jahren durfte ich bereits bei den Kleinschülern ran und wurde als Jüngster auf Anhieb Torschützenkönig mit einer sensationellen Quote von 62 Toren aus 22 Spielen.

Angetrieben durch diesen Erfolg wurde mein sportlicher Ehrgeiz immer größer und ich begann, täglich mit dem Bus ins Eisstadion zu fahren und trainierte fünfmal die Woche á drei Stunden. Es war mir egal, mit welcher Mannschaft; sogar bei den Profis durfte ich ab und an mittrainieren. Es wuchs der Wunsch in mir, mein Hobby zu meinem Beruf zu machen.

Ich schaffte es bereits mit zwölf Jahren in die Schülerbundesliga, der allerhöchsten Spielklasse, die es in Deutschland gab. Dabei sollte man wissen, dass die Jugendlichen normalerweise erst mit dreizehn Jahren dort spielberechtigt sind. Durch meine clevere Spielweise und meinen Speed auf den Schlittschuhen wurde ich als jüngster Spieler dieser Mannschaft zweiter der Topscorerliste mit 102 Punkten. Topscorer bedeutet, dass die erzielten Tore und die Torvorlagen addiert werden.

Mit fünfzehn schaffte ich es in die Deutsche Nachwuchsnationalmannschaft und war dort einer der herausragenden Akteure.

Bislang war ich von größeren Verletzungen verschont geblieben, ein gebrochener Daumen war das Maximum.

Ja, ab sechzehn trainierte ich eigentlich nur noch bei den Profis mit, denn mein Weg war so skizziert, dass ich nach den Nachwuchsteams sofort den Sprung in die Profimannschaft, welche in der Ersten Bundesliga spielte, schaffen würde. Ich war stolz auf mich, auf meine Trainer beim SC Rosenheim, die mir jegliche Unterstützung in meiner sportlichen Karriere gaben, und ich war dankbar dafür, dass man mir schulisch – hier blieb natürlich manches auf der Strecke – keinen Knüppel zwischen die Beine warf.

Ich war drauf und dran meinen Traum zu leben!

Doc, Sie wollen wissen, was der schönste Moment meiner Karriere war?

Ich werde diesen Moment niemals vergessen.

Die Bilder spielen sich vor meinem inneren Auge ab. Es war das Endspiel um die Deutsche Juniorenmeisterschaft. Wir, der SC Rosenheim, im heimischen Eisstadion gegen den Erzrivalen aus Landshut.

Ich hatte kein gutes Spiel gemacht – es stand nach 60 regulären Minuten 3:3! Landshut war uns deutlich überlegen, aber die Mannschaft konnte aus ihren zahlreichen Chancen kein Kapital schlagen. Es musste also die Verlängerung entscheiden, wer Deutscher Meister wird. Wir alle wussten, das nächste Tor entscheidet zwischen Sekt und Selters.

Unser Coach nahm eine Auszeit und sagte zu mir: »Mark, geh da raus, denk nicht nach und hau das Ding rein.« Ich weiß nicht warum, aber der Coach gab mir das Vertrauen, das ich mir in diesem Spiel noch nicht erarbeitet hatte. Bislang war ich in diesem Match wirklich schwach – das heißt kein Pass kam an, keinen Zweikampf gewann ich, die Anspiele beim Bully verlor ich, alles in allem: Es klappte rein gar nichts! Doch der Trainer schenkte mir und meiner Reihe das Vertrauen.

Doc, im Eishockey dauert eine Verlängerung fünf Minuten, wer das Tor erzielt, gewinnt, das sollte ich noch anmerken.

Also gingen wir Jungs raus aufs Eis. Ich blickte in das Rund und circa 2000 Menschen, was für ein Nachwuchsspiel eine sensationelle Kulisse darstellt, feuerten uns an. Es gab mir den Extrakick Motivation, und ich sagte mir: Wenn du das Tor jetzt machst, bist du der Held der Saison, solltest du aber auf dem Eis stehen, wenn Landshut den Titel holt, wirst du der Loser von Rosenheim sein.

Wir standen beim Bully – die Anspannung war kaum zu ertragen – der Schiedsrichter warf den Puck ein, ich gewann das Anspiel und leitete den Pass auf meinen Außenstürmer weiter, dieser überlief einen Verteidiger und wir hatten eine Zwei-auf-eins-Situation vor dem gegnerischen Torwart. Ich bekam den Pass in die Mitte gespielt und lief unmittelbar auf den Landshuter Schlussmann zu, dachte nicht nach, folgte meinem Instinkt. Nein, ich schoss nicht, ich spielte den Torhüter aus, wartete, bis dieser mit einer Bewegung in meine Richtung ging, bremste scharf, und hob den Puck über seine Schulter hinweg in die Maschen! Wir hatten es geschafft, wir waren Deutscher Meister, niemals hatte ich etwas Schöneres und Größeres in meinem Leben erlebt. Die Mannschaft und der Trainer warfen sich auf mich, ich konnte es nicht realisieren, ich hatte die Mannschaft zur Meisterschaft geschossen.

Die Zuschauer jubelten und riefen im Chorus: »Mark Zoller, Eishockeygott«. Was war das für ein geiles Gefühl, ich konnte es nicht fassen!

Doc, kennen Sie diesen einen Augenblick, wenn die Welt im Einklang ist, dass man sich unbesiegbar fühlt?

Ja, den kennen Sie?! Genau so einer war das. Es war das Schönste, was ich je erlebt hatte!

Was der schlimmste Moment war, wollen Sie wissen?

Da brauche ich nicht lange überlegen: Ich machte mein zweites Spiel bei den Profis in der Ersten Bundesliga, eigentlich lief alles gut. Ich fuhr hinter das Tor und wollte den Puck einfach nur raus spielen in Unterzahl. Ich stand mit dem Rücken zum Tor, als ich einen heftigen Schlag in meiner Kniekehle verspürte. Ich dachte mir nichts, lief ungefähr ein bis zwei Meter weiter und sackte dann zusammen. Die Sanitäter holten mich vom Eis, zogen meine Knieschoner aus und sahen, dass das Knie vollständig zertrümmert war. Sie brachten mich umgehend in das Rosenheimer Klinikum, wo festgestellt wurde, dass ich einen doppelten Kreuzbandriss, einen Bruch der Patella und einen Knorpelschaden davon getragen hatte.

Ich fragte also den behandelnden Arzt, wann ich wieder aufs Eis zurückkehren könne und wenn ich den Satz, welchen er mir zur Antwort gab, auch heute noch geistig vernehme, bricht der Schmerz wieder auf: »Herr Zoller, Sie werden nie wieder Leistungssport betreiben können, denn Ihr Knie wird diesen Belastungen nicht wieder standhalten.«

Ich war fertig mit der Welt, hatte ich doch alles dafür gegeben, einmal ein Topeishockeyspieler zu werden, und jetzt sollte alles vorbei sein? Nein, ich konnte den Worten nicht glauben, die der Mediziner mir entgegenwarf.

Aber doch, es stimmte. Es war mit siebzehn Jahren das Ende einer Karriere, die so vielversprechend begonnen hatte.

Und auch heute noch, Doc, wenn ich im Eisstadion bin und mir Spiele ansehe, schmerzt es mich, dass ich es nicht bin, dem das Publikum zujubelt, der übers glatte Nass flitzt. Es war mein Traum, der ein brutales Ende fand.

Doc, mittlerweile habe ich es akzeptiert, dass es so ist.

Ich habe erkannt, dass Freud und Leid so eng beieinander liegen.

Jetzt wissen Sie alles über mein Hobby, denn auch heute bin ich noch begeisterter Fan der Rosenheimer Jungs.

Mark, der Kumpel

Ich weiß nicht, wie mich meine Freunde oder Bekannten beschreiben würden, aber wahrscheinlich mit folgenden Attributen: lustig, hilfsbereit, guter Zuhörer, gibt nützliche Ratschläge. Ja, Freundschaften sind mir durchaus wichtig. Ich definiere Freundschaft wie folgt: Auch füreinander da sein, wenn man örtlich getrennt ist, sich gegenseitig den Rücken freihalten, wenn es eng wird. Genauso werden auch unbequeme Wahrheiten unter Kumpels angesprochen. Ich würde nur drei Leute als wirkliche Freunde bezeichnen: Stephan, Alex und Bart.

Warum genau diese drei? Einfach, wir haben viel miteinander erlebt und durchgemacht – egal was, auf diese Jungs war immer Verlass. Alles haben wir zusammen gemacht: Die erste Zigarette miteinander geraucht, das erste mal Marihuana konsumiert, den ersten Rausch gehabt, Partynächte durchgemacht, Tröster in Liebesfällen, Probleme mit den Eltern gemeinsam aufgearbeitet – so etwas nenne ich Freundschaft.

Interessant erscheint die Tatsache in dem Licht, das wir drei mittlerweile alle sehr seriöse und ruhige Persönlichkeiten geworden sind. Während Stephan sich aus seiner Heimat Starnberg nach Berchtesgaden machte, um sein berufliches Glück zu finden, ging Bart den umgekehrten Weg, wie meiner war, von Starnberg nach Rosenheim, und Alex ist mittlerweile der Papa eines zweijährigen Sohnes.

Ich denke, Sie wollen mehr erfahren über die Jungs, Doc?!

Stephan ist mein bester Freund. Mit ihm kann ich immer über Probleme reden, egal ob es zwischenmenschlicher Natur ist oder einfach nur Liebeskummer, auch wenn ich einen Korb eingefangen hatte: Steph weiß immer, wie ich ticke und was mich aufbaut. Ich denke, andersherum ist es genauso. Daraus resultiert diese besondere Bindung. Heute lebt Steph in Berchtesgaden und hat sein privates Glück gefunden, er ist mit seiner Jugendliebe verheiratet. Ein pikantes Detail hierzu: Steph und ich waren als fünfzehnjährige auf eine Geburtstagsfeier eingeladen, von Stephans zukünftiger Frau Caroline, es war ein durchzechter Abend.

Mittendrin sagte er zu mir: »Siehst du Caroline – ich verspreche dir eines: Das wird einmal meine Frau.« Recht hat er gehabt und ich gönne es ihm von Herzen!

Stephan war im Gegensatz zu mir immer ehrgeizig und zielstrebig. Er hat damals nach seiner Ausbildung als Krankenpfleger seinen Bachelor in Soziologie gemacht und jetzt seinen Master. Er spekuliert auf einen Lehrstuhl an einer Universität. Dafür verdient er meinen höchsten Respekt.

Wir sehen uns mittlerweile auch wegen der örtlichen Distanz sehr selten, aber wenn wir uns sehen, so ist es, als ob wir nie voneinander getrennt waren. Wir reden über Gott und die Welt, sinnieren bei Rotwein oder Weißbier und lachen so viel wie in jungen Jahren.

Bart. Ja, was soll man zu Bart sagen: Er ist ein Träumer, das war er immer und wird er immer bleiben, und im Geiste ein kleiner Junge. Er glaubt noch immer daran, reich und erfolgreich zu werden, Ferrari zu fahren, in einer Villa zu leben. Eines muss man Bart durchaus lassen: Er ist ein echt gut aussehender Kerl, der bei Frauen durchaus hohe Chancen besitzen würde, wären da nicht seine Luftschlösser, die ihm immer wieder im Weg stehen. Bart und mich zeichnet eines aus: Wir sind nicht unbedingt die fleißigsten Menschen auf diesem Planeten, aber irgendwie schaffen wir es immer, das zu erreichen, was wir wollen, auch wenn es durchaus länger dauert, als geplant.

Bart war der Mensch, der mich nach meiner ersten »großen Liebe« aufgebaut hat. Die Clubabende mit ihm waren legendär, denn er neigt dazu, im größten Suff immer den Tisch mit Gläsern samt Inhalt abzuräumen. Wenn man verrückte Sachen unternehmen wollte – Bart war immer dabei und an vorderster Front der Partymeute.

Bart führt seit sechs Jahren eine Beziehung, welche immer wieder mit Pausen garniert ist, weil sich seine Freundin Bea und er nicht sicher sind, ob sich nicht noch besseres findet.

So leid mir hier die Aussage tut, aber ich würde es Bart und Bea gönnen, dass sie beide den richtigen Partner finden – denn beide wirken auf mich nicht glücklich, sondern stellen eine Zweckgemeinschaft dar, weil sie Angst davor haben, allein zu sein. Bart ist ein wirklich zuverlässiger und ehrlicher Kumpel und ich wünsche ihm nur das Beste, aber dass das Bea ist – kann ich mir nicht vorstellen. Anders als bei Stephan ist hier nicht von der Liebe des Lebens zu sprechen. Vielmehr befürchte ich, dass beide irgendwann heiraten, Kinder bekommen und dann merken, dass das auf lange Sicht keine Zukunft haben kann.

Last but not least: Alex, mein Bruder – ich bin so dankbar, dass es ihn gibt, denn in meiner Situation versteht mich keiner besser als dieser Teufelskerl. Er ist ohne Frage immer da, wo man ihn braucht. Alex scheißt aufs Geld, er scheißt auf seinen Ruf, er lebt sein Leben – egal, was andere denken und sagen. Das imponiert mir sehr, wie Alex das hinbekommt. Ja, Alex war sieben Jahre in einer Beziehung mit Jules und hat mit ihr einen zweijährigen Sohn namens Tom.

Seine Partnerschaft war davon gezeichnet, dass Jules immer sehr eifersüchtig auf Alex war, obwohl er ihr nie einen Grund dafür geliefert hatte. Im Gegenteil, er hat für diese Frau vieles aufgegeben und investiert, denn er war sich seiner Verantwortung als Vater bewusst und wollte eine Zukunft mit seiner Familie aufbauen. Eine Eigenschaft, die ich an diesem Kerl schätze, er liebt seinen Sohn Tom über alles, würde für ihn alles machen und ist einfach der Vater, den sich jedes Kind wünscht. Er ist sehr humorvoll, lässig, macht, was der Sohn sich wünscht – ob Spielplatz oder Fußball für seinen Jungen macht er alles.

Jules hatte immer wieder Probleme mit der Schichtarbeit, die Alex' Beruf mit sich bringt. Es sei auch der ausschlaggebende Punkt gewesen, weshalb sie die Beziehung zu ihm beendet habe. Eine Woche nach der Trennung hat sie ihn dann vor vollendete Tatsachen gestellt: Sie habe einen neuen Macker, welcher ihr das Leben ermögliche, welches Alex ihr nie bieten konnte.

In dieser Zeit war ich für meinen Bruder im Geiste da, was sich ein paar Wochen später als goldrichtig darstellte, denn er tat genau dasselbe für mich.

Ja, jetzt ziehen die beiden Neusingles Alex und Mark gemeinsam um die Häuser, um mal wieder ein bisschen Spaß zu finden, denn ich denke, Alex ist momentan genauso wenig bereit, eine dauerhafte Beziehung zu einer Frau aufzubauen, wie ich selbst. Vielmehr schauen wir uns nach Frauen um, die unsere Bedürfnisse kennen und uns trösten wollen. Ich denke, das ist aktive Frustbewältigung, um das zuletzt Erlebte zu verarbeiten.

Was meinen Sie, Doc?

Ja, Doc, ich denke, ich sollte einfach mal über die ganzen Sachen berichten, die meine Jungs und ich gemeinsam erlebt haben, habe ich recht?

Ok, fangen wir einmal an. Steph lernte ich im Alter von elf Jahren kennen, anfangs konnten wir uns gar nicht ausstehen, erst im Alter von vierzehn wurden wir richtig dicke Freunde. Mit Steph konnte ich immer die geilsten Partyabende feiern und während der Woche waren wir auch immer zusammen. Dennoch bleiben die durchzechten Nächte an Freitagen und Samstagen in bleibender Erinnerung und von diesen will ich Ihnen mal erzählen. Es war nicht selten so, dass wir zwei U18er uns freitagabends durch unseren Chauffeur (Stephs Dad) in Richtung Dorfdisco machten. Es gab seinerzeit eine geniale Erfindung, die die Bundesregierung leider zunichtemachte, die sich Flatrate-Saufen nannte! Davon profitierten mein Kumpel und ich im wahrsten Sinne des Wortes – in diesem Club nannte man es »Doppeldecker-Time«. Ich kann mich nicht daran erinnern, dass wir auch nur ein einziges Mal halbwegs nüchtern den Heimweg im Taxi antraten. Unter zehn Bier und unzähligen Jägermeistern ging man nicht heim – das war standard und gehörte regelrecht zum guten Ton. Hiermit war ein perfekter Auftakt ins Wochenende gewährleistet. Ja, wir beide hatten den Hang, trotz nicht erlernter Tanzskills, das Parkett zu rocken – rückblickend gesehen, das muss ich leider zugeben, haben wir damals wirklich sehr affig ausgesehen mit unseren Moves, welche doch eher an Spastiker als an galante Tänzer erinnerten.

Nichtsdestotrotz war es uns, gelinde gesagt, scheißegal, was die anderen von uns dachten. Wir waren besoffen, die Mädels waren äußerst attraktiv und wir waren zu allen Schandtaten bereit. Eines muss man schon noch erwähnen: Wir haben nicht selten ein Mädel abgeschleppt, sogar eher ganz direkt – es kam vor, dass man mit der Auserwählten des Abends auch mal schnell auf die Toilette verschwand, um eine heiße Nummer zu schieben. Im Nachhinein muss ich ehrlich sagen, irgendwie war das damals schon richtig geil, aber man wird halt älter und die Ansichten ändern sich.

Heute denke ich etwas anders: Oft haben wir naiven und unschuldigen Mädchen das Herz gebrochen, als wir ihnen nach dem Schäferstündchen versprachen, uns zu melden, sie seien unsere Auserwählte und wir würden sie nie enttäuschen.

Gemeldet haben wir uns leider nie – ganz nüchtern und ehrlich betrachtet waren wir doch zwei Riesenarschlöcher. Man bekommt ja bekanntlich immer das zurück, was man verdient – Steph und ich bekamen das mit Sicherheit, ich behaupte sogar: meist in doppelter Ausführung. Sprich: einmal Scheiße gebaut, zweimal auf die Fresse geflogen.

Samstags ging es entweder auf Privatfeten oder nach Starnberg. Wir mussten die City ja unsicher machen. Was haben wir gesoffen und alles an Scheiße gebaut – es war wirklich nicht mehr feierlich, aber es war genial! Ich kann mich an einen Samstag erinnern, an dem Steph, drei andere Kumpels von uns und meine Wenigkeit in das »Ronnys« gingen und mindestens fünfzehn Alcopops und jede Menge Wodkabull gesoffen haben. Betrunken hatten wir immer die besten Ideen, so wurden Steph und mir 100 Euro geboten, wenn wir nackt über den Stadtplatz rennen würden. Wir ließen uns natürlich nicht zweimal bitten, splitternackt ausgezogen und losgerannt. Leider bemerkten wir die Polizeistreife nicht, die neben uns herfuhr. Der Abend endete in der Ausnüchterungszelle des Polizeipräsidiums, und zur Krönung durften uns unsere Eltern am nächsten Tag dort abholen und zwar so wie Gott uns schuf ...

... und Doc, ich sage Ihnen, so viel Stress wie an diesem Tag hatten wir beide nie wieder mit unseren Erziehungsberechtigten. Aber ganz ehrlich, wir fanden es sehr amüsant und ich denke, ich würde das heute auch wieder machen, denn es hat mich zu dem gemacht, der ich heute bin.

Eine sehr verrückte, aber nicht zuletzt minder witzige Aktion lieferten Steph und ich, als wir auf eine Privatparty in Bad Tölz eingeladen waren. Stephs damalige Braut hatte geladen. Es war eine Fete, auf der sehr viele Kerle mit rechtem Gedankengut waren. Jetzt muss man wissen, dass wir beide seinerzeit sehr links orientiert waren. Wie Sie sich denken können, Doc, die Party endete in einer wilden Keilerei. Ich denke der Alkohol hatte sein Übriges dazu getan, dass es zu dem Fight zwischen fünfzehn Typen gegen das dynamische Duo kam.

Es war dennoch relativ lustig, denn während der heftigen Prügelei riss ich einem Nazi sein Septumpiercing aus der Nase. Ich fand das echt witzig. Leider trugen Stephan und ich auch einige Schrammen davon – Steph hatte eine blutige Nase und ich ein blaues Auge. Schmerzen verspürten wir nicht, denn wir fühlten uns wie die Champions der Boxgala und waren stolz darauf, die Hitlerjugend zerschlagen zu haben. Ja, feiern mit Steph war immer eine Schau!

Partyabende mit Bart liefen stets anders ab, wenn man die Abende überhaupt als Partyabende bezeichnen möchte. Vielmehr endete es meist darin, dass wir ins Kino gegangen sind und uns irgendwelche belanglosen, bescheuerten Actionfilme reingezogen haben, die uns nicht mehr in Erinnerung geblieben sind. Bart war ein richtiger Zocker an der Konsole und so war es nicht selten der Fall, dass wir bei ihm zu Hause nächtelang FIFA oder x-beliebige Games durchgezockt und über Weiber geschwafelt haben. Wenn wir beide was unternommen haben, war es sehr selten so, dass wir an den Wochenenden gemeinsam weggingen – ob nach Starnberg oder Rosenheim war egal – denn das Schema war immer das Gleiche. Erst mal Mut ansaufen mit fünf Jacky-Cola und dann die hübschesten Damen im Club beäugen. In 95 Prozent aller Fälle blieb es auch nur beim Beäugen, denn Bart hatte zwar immer ein großes Maul – sein legendärster Spruch: »Checken wir mal ‚ne Runde und machen die scharfen Bunnys klar«, war eine seiner besten Phrasen – aber klargemacht haben wir als Duo eigentlich nie eine Braut. Aber auch mit Bart waren die Abende einfach genial, denn sein sehr verquerer Humor und seine Outtakes, wenn er betrunken war, sind ein Fall für sich gewesen.

So, Doc, jetzt wissen Sie, wie die Freizeit ausgesehen hat, wenn ich sie mit Bart verbracht habe.

Alex und ich, was soll ich dazu nur sagen? Sobald wir Dienstende hatten, war es an der Tagesordnung, dass wir gemeinsam um die Häuser streiften. Starnberg war nicht mehr sicher vor den Brothers of Pain. Samstagnachmittag schön Fußball schauen, ein, zwei Bier getrunken, das war unser Start ins Wochenende. Anschließend noch schnell was essen und ab ging es auf die Jagd. Egal ob Bar, Club, Disco: Nichts ließen wir in Starnberg anbrennen. Wo Party war, da waren wir, vollkommen klar, oder? Man muss schon sagen, ich weiß nicht, warum es so war, aber sobald Alex und meine Wenigkeit den Dancefloor betraten, dauerte es meist keine fünf Minuten und wir waren von heißen, willigen und leicht bekleideten Mädels umzingelt, welche den Nahkontakt zu uns suchten. Das ist doch der Traum eines jeden Mannes, Doc. So lief das jedes Wochenende und wir konnten gar nicht genug davon kriegen. Wir fühlten uns wie in Miami Vice, sprich: coole Drinks und heiße Chicks! Mit meinem Bro war jeder Abend sensationell und legendär.

Es gibt noch eine Geschichte, Doc, die muss ich Ihnen wirklich erzählen. Alex und ich sind ja Arbeitskollegen und wir gingen gemeinsam auf die Weihnachtsfeier – natürlich ein Rausch und Buffet für lau. Da lässt man sich nicht zweimal bitten. Soweit ich mich noch erinnern kann, hatten wir circa zehn Bier intus, als der Teufelskerl anfing, über die Umstände im Spital zu schimpfen und dabei den Geschäftsführer Prof. Mut attackierte. »Ich würde diesem Hurensohn gerne vor die Türe scheißen, damit er auch mal kapiert, was wir Pflegekräfte den ganzen Tag so tun für wenig Geld«. Leider übersah mein Kumpel, dass Prof. Mut hinter ihm stand. Als ich ihn darauf aufmerksam machte, meinte er nur lapidar: »Das ist doch mir egal, soll er doch hören, was Sache ist, der Arsch!« Vor so viel Eiern in der Hose habe ich wahnsinnig viel Respekt. Alex trägt sein Herz immer auf der Zunge und lässt sich sein Maul von niemanden verbieten! Alex´ Wutausbruch resultiere aus der Weihnachtsansprache, in der Prof. Mut meinte man könne Fachpersonal kostengünstig durch Hilfskräfte ersetzen. Alex war sich bewusst, dass er durch den verbalen Angriff auf den Geschäftsführer seine fristlose Kündigung herausforderte, doch das war ihm herzlich egal.

So Doc, jetzt wissen Sie bis ins Detail, wie es aussieht, wenn meine Kumpels und ich mal wieder gemeinsam abhängen.

Wie tickt Mark?

Hm, gute Frage: Wie ich eigentlich so ticke?

Ja, ich würde sagen, wenn es Probleme gibt, egal welcher Art: Meine Unterstützung biete ich immer an, denn es ist mir doch sehr wichtig, dass es den Menschen in meinem Umfeld gut geht, denn wenn es denen gut geht, geht's auch mir gut. Ich denke, das ist leicht verständlich. Für meine oben genannten Freunde würde ich mit Sicherheit alles machen. Wir haben schon so viel Mist gemeinsam durchgemacht, ein bisschen mehr Scheiße wäre da auch nicht schlimm. Sorry, entschuldigen Sie meine Ausdrucksweise.

Jedoch, wenn mich etwas belastet, kann ich nur stichpunktartig darüber reden, weil ich die Lösung des Problems erst mit mir ausmachen möchte. Im Umkehrschluss kann man sagen: Ich fresse in mich hinein – ob das ein Fehler ist oder nicht, das sei einmal dahingestellt. Ich will mein Umfeld nicht mit meinem Zeugs belasten, die haben ja ihre ganz individuellen Probleme. Nebenbei denke ich, dass ein starker Mann seine Probleme allein in den Griff bekommt – so wurde es mir jedenfalls anerzogen. Sagen

Sie mal, liege ich da falsch mit meiner Ansicht, oder doch nicht?

Ich würde von mir behaupten, dass ich ein sehr hilfsbereiter, freundlicher und durchwegs aufgeschlossener Mann bin … ja, das kann ich so sagen – weil es auch stimmt. Mit mir kann man jede Menge Spaß haben, egal ob beim Party machen, in der Arbeit, in einer Beziehung. Ich versuche immer, ein harmonisches Umfeld um mich zu kreieren, indem ich mich gut einbringen kann. Fremden Menschen begegne ich erst einmal weltoffen und freundlich, jedoch kann ich meine Ansicht schnell revidieren, sobald ich merke, dass man keinen gemeinsamen Nenner findet, egal ob das zwischenmenschlich oder in Sachen Weltanschauung ist.

Hm, wie ich das meine? Ich höre den Leuten zu, wenn sie reden, bevor ich mich aktiv ins Gespräch einklinke, denn so kann ich schon einschätzen, ob man auf einer Linie funkt, oder total aneinander vorbeiredet.

Meine schlechten Eigenschaften? Lassen Sie mich überlegen; ich denke, ich kann Menschen, deren Lebenseinstellung ich nichts, aber auch rein gar nichts abgewinnen kann, schon sehr kühl und ignorant gegenübertreten. Aber ob das eine schlechte Eigenschaft ist? Ich vermag es nicht zu beurteilen, denn ich denke, es hat seinen Grund, warum das so ist. Ich will die Harmonie in meinem Leben aufrechterhalten – da passen Menschen, die mich anpissen so gar nicht rein!

Ebenso muss ich ganz ehrlich zugeben, dass ich dazu neige, wegen jeder Kleinigkeit, sei sie noch so nichtig, eine Diskussion anzufangen. Das ist nicht immer von Vorteil, wie ich vor allem auf der Beziehungsebene schmerzhaft feststellen musste. Ja, aber ich denke, alles hat seine Richtigkeit, und ich will jede Kleinigkeit aus der Welt schaffen, denn eben jene kann sich oft zu einem großen Missverständnis entwickeln. Denn ich habe oft erlebt, wie aus einer Mücke ein Elefant wurde. Deshalb muss die Mücke schon frühzeitig erschlagen werden.

Und ja, mein größter Schwachpunkt und meine verletzlichste Stelle ist, wenn man mir nicht sagen kann, wie man empfindet bzw. was man denkt oder fühlt. Denn ich fühle mich durch meine Kindheit nicht bestätigt, wenn mir meine Mitmenschen nur zeigen können, wie sie empfinden – nein, sie sollten es bitte auch mündlich zum Ausdruck bringen. Das fühlt sich für mich komisch an, wenn Leute ihre Gefühle nicht zur Sprache bringen. Ja, hier sehe ich ein, dass ich da in meiner Denkweise falsch liege, denn ich brauche die Bestätigung für mein Handeln. Das klingt egoistisch und ist es wahrscheinlich auch – aber dazu stehe ich.

Wo bin ich verwundbar?

Diese Frage stelle ich mir oft. Ganz unterschiedlich, würde ich sagen, denn ich hasse es, wenn ich unnötige Kritik einstecken muss – sei es beruflicher oder privater Natur. Kritik an und für sich ist ja eine tolle Sache, aber nur wenn sie gerechtfertigt ist.

Des weiteren hasse ich es, wenn mir eine Meinung aufoktroyiert wird, die ich nicht mit anderen teile. Natürlich vertrete ich meine Ansicht vehement, sobald ich zu der Auffassung gelange, dass diese auch richtig und gerechtfertigt ist. Ich finde es unverantwortlich, für eine Sache einstehen zu sollen, die man selbst nicht mitverantworten kann. Denn was gibt es heuchlerischeres als eine Meinung zu vertreten, die einem selbst widerstrebt. Das kann und will ich auch nicht.

Auf Unterstellungen und Tratsch über meine Person reagiere ich sehr allergisch, denke ich mir doch oft: Was nehmt ihr euch das Recht heraus, über mich zu urteilen, denn ihr wisst weder, wer ich bin, noch was ich je gemacht und was ich schon alles erlebt habe.

Mitmenschen, die über andere mehr wissen, als man selbst, sind in meiner Wertschätzung doch ziemlich nah an den Amöben dran. Im Grunde sollte mir das eigentlich richtig egal sein, denn es sind doch arme Würste, deren Leben so wenig Sinn ergibt, dass sie über andere Personen richten.

Mark und die Liebe

Doc, muss es wirklich so in die Tiefe gehen? Was soll ich Ihnen denn über die Liebe berichten?

Was ich unter Liebe verstehe, welche schönen und schlechten Seiten ich erlebt habe und wie ich Liebe definiere. Ok, wenn Sie das wissen möchten – gerne!

Also Doc, meine erste Liebe habe ich im Alter von dreizehn Jahren kennengelernt, sie hieß Samira. Ich erinnere mich noch, als ob es gestern gewesen wäre. Ich habe sie damals über einen Schulkumpel kennengelernt, der mir sagte, dass es ein Mädchen aus seinem Dorf gebe, der ich gefallen würde. Sie ging aufs Gymnasium und wolle mich gerne kennenlernen.

Da konnte ich ja nicht Nein sagen, zumal ich wirklich sehr neugierig war, wie sie denn aussah und warum sie gerade mich interessant finden würde. So kam es, dass über meinen Freund ein Date ausgemacht wurde, und ich konnte kaum glauben, wer mir dann gegenübersaß – eine von Schönheit geküsste dreizehnjährige Lady mit hellbraunem langen Haar und wunderschöner Mimik und Gestik. Der Körperbau war natürlich auch nicht zu verachten.

Wir beide konnten an diesem Nachmittag sehr viel miteinander lachen und reden und so kam es, dass man auf einmal miteinander gegangen ist.

Ach ja, und mit ihr habe ich meine ersten sexuellen Erfahrungen gesammelt, von Petting, einen geblasen bekommen bis zum ersten Verkehr. Sie hat mich zum Mann gemacht.

Ich weiß nicht, Doc, kennen Sie den Film »American Pie«?

Ich war wie Jim beim ersten Sex, ich glaub, nach einer halben Minute hab ich schon abgespritzt... das war mir peinlich, aber ich denke, im Laufe der Zeit bin ich etwas besser geworden in Liebesdingen. Als Jungspund konnte ich ja nicht wissen, zu welchen Wunderdingen mein Schwanz fähig ist und wie man eine Frau richtig beglückt!

Spaß beiseite, Doc!

Diese Beziehung dauerte ein halbes Jahr. Danach verließ sie mich, weil sie noch andere Typen ausprobieren wollte – das war ihre Aussage.

Auf der einen Seite war ich natürlich traurig und am Boden zerstört, aber auf der anderen Seite dachte ich mir: Es ist deine erste Liebe gewesen und der Startschuss, um viele Erfahrungen zu sammeln mit vielen heißen Damen.

Ja, aber irgendwie hing mir das Beziehungsaus doch noch nach, und so beschloss ich, erst einmal eine Pause in Sachen feste Freundin einzulegen.

Ja Doc, manchmal gibt es im Leben Zufälle – nein – vielmehr Schicksal, würde ich meinen.

Kennen Sie den Spruch: »Man sieht sich immer zweimal im Leben«? Bei mir war es definitiv so.

Kommen wir also zu meiner nächsten Liebesgeschichte.

Es war ein stressiger Schultag und ich fuhr im Bus mit meinem Kumpel Hans Richtung Heimat, als dieser mit einem sehr, sehr attraktiven Mädchen eine längere Unterhaltung führte. Natürlich musste ich sofort wissen, wer diese scharfe Braut war und ich konnte nicht glauben, was mir Hans erzählte. Es sei Jenny, die mit uns in der Realschule gewesen war. Es war für mich umso erstaunlicher, da Jenny damals richtig dick, pickelig und sehr nervig war. Aber tatsächlich: Sie war es. Quasi innerhalb von vier Jahren von einem hässlichen Entlein zu einem megascharfen Sportgerät mutiert.

Wenn ich ehrlich bin, Doc ... so einen Ständer wie ich beim Anblick Jennys bekam, das war wirklich nicht mehr feierlich – und mein Kopfkino war auf Dauerschleife. Was die denn alles mit mir anstellen könne und ich mit ihr. Ich will das jetzt nicht als Entschuldigung anbringen, aber mit sechzehn dachte ich nur mit meinem Penis – der nahm meinem Gehirn die Arbeit ab.

Klar, ich wusste: So eine Chance würde sich nie wieder ergeben, also sprach ich Jenny an und wir verabredeten uns sofort – jedoch sagte sie mir, dass sie einen festen Freund habe.

Wir wurden erst einmal Kumpels und sie erzählte mir all ihre Probleme, die sie mit Eric (ihrem Freund) hatte. Diese wurden Tag für Tag mehr und so witterte ich langsam meine Chance. Angetrieben von meinen Gefühlen musste ich die Chance ergreifen, als sie mir berichtete, sie habe sich von Eric getrennt. Ich kann mich gut erinnern wie ich Jenny eroberte: »Mach deine Augen zu«, sagte ich zu ihr und küsste sie. Gerechnet hatte ich mit einer dicken Schelle, aber was kam zurück ... ein langer, tiefer Kuss und ich wusste, dass alles, was ich gemacht hatte, richtig war.

Das erste halbe Jahr dieser Beziehung lief wirklich super. Jenny wohnte mehr oder weniger bei mir, da sie familiäre Probleme hatte. Eigentlich lief es fast zu gut, wenn man es nüchtern betrachtet. Keinerlei Konflikte und keine Meinungsverschiedenheiten, irgendwas konnte da doch nicht stimmen?!

Irgendwie hatte ich es im Urin, aber im zweiten halben Jahr entwickelte sich diese Beziehung zu einer einzigen Farce. Innerhalb der Woche hatte sich eingespielt, dass Jenny nach der Arbeit bei mir auf der Couch lag und mir, sobald auch ich nach Hause kam, die Frage stellte, was ich denn heute für uns kochen und wann ich die Wäsche machen würde.

Das machte ich gut drei Monate mit, doch innerlich rumorte es in mir und es war nur noch eine Frage der Zeit, bis sie das Fass bei mir zum Überlaufen brachte.

Meiner Unzufriedenheit über Jennys Faulheit ließ ich dann in einem Streit, nein, sagen wir in einer Grundsatzdiskussion, freien Lauf. Kein Stein blieb mehr auf dem anderen und das Fundament unserer Partnerschaft riss ich rigoros nieder.

Wir haben dann noch ein Vierteljahr aneinander vorbeigelebt, bis uns beiden endgültig klar wurde, dass wir sicherlich nicht füreinander bestimmt waren.

Vielmehr war ich für Jenny da, als sie Probleme mit Eric oder ihren Eltern hatte. Andererseits war sie mir gegenüber immer loyal, der Sex war grandios und sie hatte einfach einen bitterbösen Humor – den ich wirklich herausragend fand.

Heute sehe ich Jenny ab und an, da wir einen ähnlichen Bekanntenkreis haben – sie ist mittlerweile Mutter eines Sohnes und geschieden. Anmerken muss ich aber noch, dass sie auch heute noch richtig schön aussieht und eine sehr liebenswerte Frau ist. So war also das Ende unserer Beziehung, Doc.

Nein, nein ich trauere Jenny in keinster Weise nach, sie hat mir in Grundzügen gezeigt, was ich von einer Partnerschaft erwarte und was ein No-Go ist. Denke, das konnten Sie ja aus meiner Erzählung herausfiltern, Doc!

Sie wollen mehr hören, Doc?

Ja, von mir aus…

Erst einmal nahm ich mir eine vierjährige Beziehungsauszeit, um mich zu sammeln, was aber nicht heißt, dass ich nicht auch meinen Spaß mit den Ladys hatte. Vielmehr muss ich klipp und klar anmerken, so viel Sex wie in dieser Zeit hatte ich in meinem ganzen Leben nicht und ich denke, dass wird auch nicht mehr der Fall sein (leider).

Ich fand es einfach extraklasse, mit Frauen ,rumzumachen, Geschlechtsverkehr zu haben, ohne irgendwelche Verpflichtungen, und einfach nur frei für die Damenwelt zu sein. Es kam sogar ab und an vor, dass ich mir wie ein Toyboy vorkam. Irgendwie fand ich es wahnsinnig anturnend, wenn man das Spielzeug einer Dame war. In dieser Zeit habe ich auch sehr viel experimentiert.

Ob mir das Befriedigung gegeben hat, Doc?

Meinen Sie diese Frage ernst? Klar, was gibt es denn besseres für einen Mann, wenn man attraktiv auf das weibliche Geschlecht wirkt? …

Aber ob ich die Liebe und Zuneigung gespürt habe, die ich mir erhofft habe? Nein, Doc, habe ich nicht, aber ich konnte in diesen Jahren auch keine Liebe verschenken.

Ja Doc, und dann kam es zu meiner längsten Beziehung und zu der Frau, die mir am meisten zeigte, was ich von einer Beziehung erwarten sollte.

Als ich mit 21 Jahren meine Karriere an der Berufsoberschule startete, stach mir sofort eine kleine süße Frau ins Auge, die in meiner Klasse war. Sie hieß Xenia und war grade erst einmal 18 Jahre alt – wunderhübsch, sympathisch und schüchtern, dachte ich mir. Sie hatte etwas an sich, ich wusste nicht, was es war, aber es fesselte mich. Sie war keine Deutsche, sondern Ukrainerin, und vielleicht war es auch ihre Nationalität und ihre Mentalität, die mich so anzogen. Sie war sehr direkt und nahm kein Blatt vor den Mund – genau das, was ein Typ wie ich liebt und braucht. Harte und ehrliche Worte – von dem Rumgesülze und netten Gerede hatte ich genug gehört, denn meist war es nur mehr Schein als Sein. Nein, Xenia war so anders, direkt, loyal, zielstrebig und sehr karriereorientiert. Zwei Wochen nachdem das Schuljahr begonnen hatte, feierten wir eine Klassenparty und sie war auch dort – ich hatte mich extra erkundigt, ob Xenia auch kommen würde. Sie sagte mir an diesem Abend, dass sie mehr als nur Freundschaft für mich empfand, und mir sank das Herz in die Hose. Nein, das ist jetzt nicht nur ein Standardspruch, denn jede Faser meines Körpers konnte ich spüren, als sie mir ihre Gefühle gestand. Wir tanzten von 22 Uhr bis 4 Uhr morgens, waren einfach glücklich und geil aufeinander.

Ganz gentlemanlike brachte ich Xenia nach Hause, wir standen noch bis 6 Uhr morgens an der Hausmauer und haben miteinander herumgemacht. Ich konnte mich kaum halten und sie war genauso scharf auf mich wie ich auf sie. Aber mein Kopf dachte sich, du magst diese Frau wirklich, überstürze nichts – sondern schaue, ob wir beide eine tiefgründige, ernste Liebesbeziehung zueinander aufbauen können.

Und ja, das konnten wir, diese Story dauerte sogar ganze sieben Jahre.

Die ersten drei Jahre vergingen so schnell, es war alles super und ich konnte mich wirklich nicht beschweren. Wir sahen uns jeden Tag, da wir ja auch in der Berufsoberschule nebeneinander saßen – wir genossen unsere traute Zweisamkeit. Wir gegen den Rest der Welt, ja, das war unser Motto. Natürlich hatten wir kleinere Reibereien und Meinungsverschiedenheiten, was aber in einer funktionierenden Partnerschaft völlig normal ist. Gut, Xenia konnte es leider nicht verstehen, dass ich nicht so der Familienmensch bin, da ich nicht unbedingt die innigste Beziehung zu meinen Eltern und Verwandten pflegte, ganz im Gegensatz zu ihr, denn sie zeigte mir, dass ukrainische Familien wirklich sehr eng zueinander stehen und eigentlich das gesamte Privatleben auch auf die Familie ausgerichtet ist. So war es für mich wirklich neu, dass Xenia mich in den Alltag ihrer Familie eingliedern wollte, sei es bei Ausflügen oder sonntäglichen Essen bei ihren Eltern. Ich kannte das in diesem Ausmaße nicht und mir war es auf der einen Seite unangenehm, auf der anderen wollte ich nicht aktiv in ein Familienleben eingebunden werden, denn ich kannte es nur so, dass man sein Ding allein und als Lonesome Ranger durchzieht.

Klar, Doc, das war immer wieder ein großer Konfliktpunkt. Mit etwas Abstand muss ich natürlich dazu sagen, dass Xenia es mit mir nur gut meinte und mir ein Familienleben zeigen wollte, wie es eigentlich sein sollte. Ja, seinerzeit empfand ich es eher als belastend und störend – ich denke, hier habe ich einen Fehler gemacht.

Hm, die erste große Krise hatten wir nach drei Jahren und schon damals sagten mir meine Mutter und mein Großvater, dass Xenia nicht die richtige Frau für mein Leben sei, denn sie sei zu materialistisch veranlagt und wolle einen Mann, der erfolgreich Karriere macht und das Geld nach Hause bringt. Natürlich hatte ich vieles im Sinn, aber ob ich einmal ein Haus, einen dicken BMW oder eine Jacht haben würde, das interessierte mich genauso sehr, wie wenn in China ein Sack Reis umfällt – also auf gut Deutsch: Das ging mir ziemlich am Arsch vorbei. Ich wusste von mir selbst, dass ich niemals der Karrieremensch werden würde, denn Geld allein macht nicht glücklich – das dachte und denke ich auch heute noch.

Alles in allem, nach der 13. Klasse BOS ging Xenia nach Rosenheim, um dort Lehramt zu studieren und ich fing eine Ausbildung als Krankenpfleger in Starnberg an. Wir sahen uns fortan nur noch an den Wochenenden und langsam fing unser gemeinsames Konstrukt an zu bröckeln. Sie warf mir vor, ich würde nicht genug unternehmen, um unsere Beziehung aufrechtzuerhalten, denn ich konnte sie aufgrund meiner Schichtarbeit nur selten in Rosenheim besuchen. Ich fing an, und das bedauere ich bis heute, mich einsam zu fühlen und schaute mich unbewusst schon nach einer Nachfolgerin für Xenia um.

Nein, bislang war ich niemals untreu oder wäre ihr fremdgegangen.

Nach vier Jahren trennten wir uns das erste Mal, rückblickend muss man sagen, es wäre wahrscheinlich besser gewesen, wenn wir uns nicht noch einmal zusammengerauft hätten, denn es wurde niemals mehr so, wie es einmal war. Wir hatten immer mehr Zweifel, ob wir denn wirklich das perfekte Paar seien und die Sorgen und auch eine gewisse Abneigung gegenüber dem Partner wurden Tag für Tag mehr. Aber ich weiß, was uns zusammenhielt, es war der unbeschreiblich gute Sex. Um ehrlich zu sein: Es war nur der Sex. Denn wir sprachen nicht einmal mehr über die wöchentlichen Geschehnisse im Beruf oder an der Universität, nein. Das erste, was wir taten, Kleider runterreißen, gleich gevögelt und danach was gegessen, wieder gebumst, TV geguckt, und wie Sie sich denken können, Doc …

Anschließend haben wir es noch mal wie die Tiere getrieben und sind dann eingeschlafen … Ja, so sah unser Alltag aus. Ich denke, wir waren beide nicht mehr glücklich mit der Situation, und irgendwie hatten wir Zweifel, ob sich nicht doch Besseres für uns findet.

All unsere Ansichten waren so verschieden, wir hatten keine gemeinsamen Hobbys, unsere Freundeskreise waren andere, selbst unsere beruflichen Ziele hatten nicht ansatzweise einen gemeinsamen Nenner.

Eines bleibt mir für immer an dieser Beziehung in Erinnerung, Doc – dieser Wahnsinnssex.

Ja, das ging dann bis Mitte des sechsten Jahres immer so weiter, wir hatten uns nichts zu sagen … aber Xenia hatte eine geniale Idee – einen gemeinsamen Urlaub in Bulgarien, um wieder zueinanderzufinden. Klar, ich fand die Idee klasse, und es war auch ein schöner Urlaub. Wir genossen die Zeit, das Wetter war traumhaft, aber es passierte etwas Unerwartetes. Trotz des vielen Verkehrs, den wir hatten, verschaute sich Xenia etwas in einen Animateur des Hotels und ich mich in eine Kellnerin des Hotelrestaurants, die mir immer schöne Augen machte.

Es kam, wie es kommen musste. Ich schlich nachts, wenn Xenia schlief, aus dem Zimmer und traf mich heimlich mit der süßen Kellnerin namens Maria und fing mit ihr eine nächtliche Urlaubsaffäre an. Eigentlich wollte ich, dass es nur beim Reden und Küssen bleibt, aber leider war es nicht so. Je besser wir uns kennenlernten, desto mehr entwickelte sich und schlussendlich landeten wir gemeinsam im Bett.

Nein, ich bin darauf nicht stolz, Doc, aber meine Gefühle hatten mich einfach überwältigt.

Ich weiß nicht, ob Xenia etwas mit dem Animateur hatte, und das will ich auch gar nicht wissen.

Dennoch hatten wir uns noch ein letztes Mal aufgerafft und an Weihnachten eine Reise ins wunderschöne Wien unternommen. Es war echt eine malerische Kulisse und die Feiertage waren harmonisch – wir feierten das Fest der Liebe im wahrsten Sinne des Wortes sehr ausgiebig. Wie immer haben wir gefickt wie die Irren, es gab kein Halten. Ich kann sogar behaupten, wenn wir am Hotelzimmer waren, fielen wir wie Tiere übereinander her und dann wurde gevögelt, was der Lattenrost noch hergab. Dennoch hatten wir uns ganz und gar nichts mehr zu sagen, wir fanden außer dem Sex keinen gemeinsamen Nenner mehr – unser Ende war besiegelt.

Doc, warum wollen Sie wissen, weshalb wir so oft miteinander geschlafen haben – ist das denn wichtig? Aber wenn Sie meinen ... Ok.

Ich denke, wir haben es so oft getrieben, weil wir beide extrem geil aufeinander waren. Letztendlich nicht mehr aus Liebe, sondern weil wir unsere körperlichen Bedürfnisse befriedigen und stillen wollten. Alles andere hat uns einfach nicht mehr interessiert. Selbst als wir nach den sieben Jahren getrennt waren, haben wir uns noch öfter zum Kaffeetrinken getroffen – und Doc, was denken Sie, wo wir dann gelandet sind?

Richtig, im Bett, in der Badewanne, im Bibliothekklo, auf dem Esstisch.

Jetzt wissen Sie, wieso wir gerne und oft Sex miteinander hatten, Doc!

Und auch wenn Sie es nicht glauben, Doc, heute haben Xenia und ich immer noch ein gutes Verhältnis zueinander, wir verstehen uns hervorragend. Ich denke, das basiert einfach darauf, dass wir im Guten auseinandergegangen sind, ohne einander Vorwürfe am Zerbrechen unserer Beziehung zu machen.

Ich wünsche Xenia wirklich nur das Beste, dass alle ihre Wünsche und Träume in Erfüllung gehen werden und dass sie den Mann findet, der ihr Leben bereichert, denn das hat sie verdient!

Ja, so sieht es aus, Doc …

Nachdem Xenia und ich auseinandergegangen waren, hatte ich mir erst mal eine kleine Auszeit von drei Monaten gegönnt – denn ich musste mich erst mal wieder als Single zurechtfinden.

Und dann kam sie, die wahrscheinlich schönste Frau auf der ganzen Erde – so eine Aura, so ein Lächeln, so ein Charme – nein, ich konnte nicht glauben, dass diese Frau ein Mensch und kein Engel war. Ihr langes dunkelbraunes Haar, ihre grünen Augen, ihr perfekter Body. Wenn ich auch heute noch davon rede und an sie denke – wow, ich könnte nach wie vor durchdrehen. Nein, sie war nicht nur unglaublich heiß und sexy, sie war auch noch wahnsinnig intelligent – die perfekte Zehn auf einer Skala, dachte ich. Noch nie war ich so hin und weg gewesen von einer Frau wie von Kerstin.

Ich denke, das Problem, warum unsere Beziehung nur ein halbes Jahr hielt, lag darin, dass wir uns zu sehr ähnelten in unseren Ansichten und Lebensweisheiten. Wir beide hatten eine ziemlich ähnliche familiäre Vorgeschichte und wollten einfach nur unser Ding machen. Ich muss sagen, so schöne drei Monate wie mit Kerstin hatte ich in meinem ganzen Leben nicht mehr. Zwar war der Sex nicht so ausgefallen und speziell wie mit Xenia, dennoch war er schöner und intensiver, da ich das erste Mal so richtig spürte, was wahre Liebe bedeutet. Sie war auch die erste Frau, mit der ich mir vorstellen konnte, zusammenzuziehen und eine Familie zu gründen. Ob ich jemals wieder so empfinden werde, ich weiß es nicht – aber ich glaube, die große Liebe gibt es nur einmal im Leben und ich weiß für mich, dass ich es vergeigt habe – durch meine Blödheit und meinen Drang nach Bestätigung. Obwohl mir diese Mörderbraut immer gezeigt hat, dass sie mich wirklich geliebt hatte – sie ist für mich mit ihrem Auto in der Weltgeschichte herumgefahren, besuchte mich spätabends, nur um mich zu sehen … und ich absoluter Vollarsch habe das nicht erkannt. Als ich es registriert hatte, war es zu spät. Ich denke, im Leben bekommt man eine große Chance in der Liebe – »DO or DIE« war das Motto – in dem Moment, als sie mir sagte, es hat keine Zukunft mehr mit uns, da wusste ich, ich bin ein gebrochener Mann und mein

Herz ist nicht mehr bei mir. Nein, mein Herz gehört nur dieser Frau.

Doc, merken Sie, wie schwer es mir fällt, über Kerstin zu reden? Auch heute wünschte ich, ich hätte mein Temperament gezügelt und sie nicht so bedrängt und unter Druck gesetzt. Was würde ich dafür geben, noch einmal einen Kuss von ihr zu bekommen, noch einmal ihre Stimme hören zu dürfen. Ich wünschte, ich könnte ihr zeigen, dass ich sie über alles liebe und das immer tun werde.

Doc, ich würde alles dafür tun und aufgeben – denn Kerstin ist es wert, um sie zu kämpfen, denn sie ist und war die Frau, die mich vervollständigte!

Tja, dann war sie weg und ich war wieder allein. Doc, kennen Sie den Song von den Fantastischen Vier: »Sie ist weg«? Ja, kennen Sie?!

Wunderbar, denn ich fühlte mich, wie in diesem Song beschrieben – »Jetzt ist sie weg und ich bin wieder allein, allein – sie ist weg, davor war es schöner, allein zu sein.«

So trauerte ich erst einmal ein halbes Jahr vor mich hin, alles um mich herum interessierte mich nicht mehr, denn mir wurde mein Herz aus der Brust gerissen; so fühlte es sich zumindest an.

Es kommt ja meistens anders, als man denkt, und ich lernte über ein Internetportal eine attraktive, nette Dame kennen. Sie trug den schönen Namen Fabienne. Fabienne war eher so eine Lebedame, die ohne konkretes Ziel durchs Leben ging. Wir trafen uns oft, in erster Linie eigentlich nur, da wir uns gut verstanden und viel miteinander unternehmen konnten – Kinogänge, Café, Wandertouren. Ja, es machte echt viel Laune, mit dieser Lady die Zeit zu verbringen. Ich weiß nicht, wann der Tag kam, an dem wir mal schauten, ob wir denn auch als Paar funktionieren könnten – so kam es, dass wir uns küssten – und so leid es mir tat, ich fühlte einfach nichts, es war für mich, als ob ich meiner Oma einen Kuss auf die Wange gegeben hätte. Keine Emotion, kein Herzklopfen, nada, niente! Fabienne ging es genauso. Wir mochten uns, fanden uns beide sehr attraktiv, aber von Schmetterlingen im Bauch konnte nicht die Rede sein.

Da aber Fabienne und ich sehr gerne Sex hatten, kam es, wie es kommen musste – wir mussten unseren Trieb stillen und das taten wir dann auch. Eigentlich lustig, wie es zum Akt kam – als ob wir ins Kino gehen würden, verabredeten wir uns zum Beischlaf bei mir. Eines muss man Fabienne lassen – wie man verwöhnt, das wusste sie in Perfektion – das war eine der geilsten und heißesten Nächte, die ich jemals mit einer Frau verbracht habe.

Wie schon gesagt, Doc, aus uns wurde nie ein Paar, aber ich muss sagen, nach dem Beziehungsaus mit Kerstin war die Zeit mit Fabienne wahrlich das Beste, was mir passieren konnte, denn sie brachte mich auf andere Gedanken und ich konnte wieder mal Freude in meinem Leben empfinden. Ich glaube wir taten uns gegenseitig gut, da auch Fabienne eine Trennung hinter sich hatte.

Insgesamt habe ich nach Fabienne noch drei Damen kennengelernt, mit denen ich in einer Beziehung war, aber ich beendete die Sache meist nach einem Monat. Denn irgendwie fühlte sich das nicht richtig an, und irgendwas – sorry, Doc – ich weiß nicht, was es war, aber es störte mich an allen Dreien.

Sie wollen, dass ich im Detail auf die Mädels eingehe?

Ja, können wir machen, Doc.

Ziemlich kurz nach Fabienne lernte ich ein Mädel namens Karina kennen. Naja, sie entsprach nicht wirklich meinen optischen Anforderungen und sie war etwas sehr, nennen wir es mal, eifersüchtig. So kam es, dass sie in jeder meiner Arbeitskolleginnen eine potenzielle Gefahr sah. »Hey, ich arbeite in einer frauendominierten Berufsspate«, sagte ich ihr oft – aber das half nichts. Mir kam es manchmal so vor, als ob ich mich bei Karina für alles rechtfertigen musste – scheißegal, ob ich ins Eishockey ging, ob ich mit Kumpels einen draufmachen wollte oder einfach mal nach der Arbeit meine Ruhe wollte – ich konnte ihr nichts recht machen. Ich glaube insgeheim, Karina stand ziemlich auf meinen Körper und nicht wirklich auf den Menschen Mark. Zu dieser These bin ich gelangt, da sie nur mit mir vögeln wollte – drei- bis viermal am Tag war standard und wenn ich dann keinen Bock mehr hatte, war sie beleidigt. Gut, sie sagte mir, kein Kerl hätte es ihr je so besorgt wie ich. Trotzdem, eine Beziehung, die nur auf Fleischeslust basiert, ist für die Tonne. Zwischenmenschlich war sie wirklich okay, aber sie war halt nicht sehr intelligent und neben ihrer Eifersucht nervte es mich ziemlich, das man mit ihr keine tiefgründigen Gespräche über Gott und die Welt führen konnte. Ich denke, das waren auch die Gründe, warum ich Karina sehr schnell wieder loswerden musste.

Ich verpackte meinen Abschuss sehr charmant und sagte, ich wäre kein Mann, der eine Beziehung führen könne und sie hätte einen Typen verdient, der ihr die Zuneigung und Wertschätzung entgegenbringen könne, die sie verdient habe. Blabla. Ok, ich wollte sie halt auf nettem Wege weiterschicken. Das habe ich dann auch geschafft, obwohl es mir wirklich leidtat, als ich sie heulen sah, denn ich hasse es, Menschen weinen zu sehen. Aber damit war das Kapitel Karina geschlossen und, ehrlich gesagt, war ich mehr als nur glücklich darüber!

Ich weiß, Doc, Sie werden jetzt denken, was ich denn für einen Scheißcharakter habe und welch ein Drecksack ich eigentlich bin, mit den Gefühlen einer Frau zu spielen.

Eine Woche nach Karina ließ ich mich auf ein Treffen mit einer Freundin meines Kumpels Alex ein. Sie hieß Tina und war wirklich sehr, sehr nett. Diese Lady tat eigentlich alles für mich, sie kaufte für mich ein, putzte meine Wohnung, wenn ich arbeiten musste, kochte für mich – eigentlich all das, was einem Mann doch richtig gefallen müsste. Verwöhnt worden bin ich von ihr wie noch nie zuvor in meinem Leben, und das wusste ich auch wirklich zu schätzen – aber ich war von klein auf gewöhnt, dass ich mein Leben allein organisiere und dass ich den Haushalt zu machen habe, vor allem in meiner eigenen Bude ist das doch klar, dass ich dort auch die anfallenden Arbeiten erledige. Das hat mich dann irgendwie gestresst, dass Tina mir alle Arbeiten, die anfielen, abnahm, denn ich möchte, dass sich die Frau bei mir wie im Urlaub fühlt und ich ihr jeden Wunsch erfüllen kann.

Wie Sie sich denken können, Doc, das war bei Tina nicht möglich und das ging mir ziemlich auf die Nerven!

Ich glaube, allein die Tatsache, dass sie alles für mich tat, hätte nicht zum Schlussstrich meinerseits geführt. Das Liebesleben mit ihr war einfach nur katastrophal und ich hatte nie so schlechten Verkehr wie mit ihr, ich dachte, neben mir liegt ein Brett. Tina hat sich einfach nur hingelegt und bespaßen lassen. Ich habe dann angefangen, auf Migräne zu machen, wenn sie den Beischlaf wollte, denn ich konnte mit ihr keinen Sex mehr haben. Es widerte mich an, so etwas hatte ich noch nie in meinem Leben erlebt und ich hoffe, so etwas kommt auch nie wieder vor.

Ja, Doc, Sex ist nicht das Wichtigste in einer Beziehung, aber es ist dennoch ein großer und wichtiger Teil ... und wenn er nicht funktioniert, ist es halt richtig Scheiße, oder was meinen Sie?

Naja, nach Tina lernte ich Laura kennen. Wie soll ich sagen, Kennenlernen ist eigentlich nicht richtig, denn ich kannte sie ja schon seit Anbeginn meiner Ausbildung im Spital. Sie war eine kleine, süße Lady und ganz ehrlich dachte ich mir, die Unschuld vom Lande, aber so faustdick hinter den Ohren wie sie es hatte, das gibt's kein zweites Mal, das sage ich Ihnen, Doc.

Wir mochten uns sehr und irgendwie hatte es schon immer zwischen uns geknistert. Warum es dann so lange dauerte, bis wir anbandelten, Doc? Ja, Laura war immer vergeben und ich war meist auch in einer Beziehung. Doch man sagt ja immer, es kommt, wie es kommen muss, und so war es dann auch. Laura brauchte eines Tages meinen Ratschlag in Sachen Liebe und besuchte mich bei mir zu Hause. Ich weiß es noch, als ob es gestern gewesen wäre, wir redeten die ganze Nacht durch und in den frühen Morgenstunden fuhr sie heim. Ab da sahen wir uns jeden Tag nach der Arbeit. Sie fuhr zu mir, entweder gingen wir Essen, ins Kino oder redeten einfach nur stundenlang miteinander – es war wirklich sehr harmonisch und vertraut. Eines Tages schauten wir uns während eines Kinobesuchs in die Augen und küssten uns. Dass da immer etwas zwischen uns war, das wussten wir beide. Von da an waren wir ein Paar. Die Beziehung lief leider anders, als ich gedacht hatte: Mit Unternehmungen war nichts mehr. Nein, eigentlich waren wir nur noch bei mir zu Hause, haben TV gesehen oder DVD geguckt. Ziemlich schnell wurde es eine sehr langweilige und monotone Beziehung, die Laura und ich führten. Ich fand das sehr erschreckend wie schnell diese Hochgefühle doch abgeflaut waren.

Sorry Doc, ich bin schon wieder etwas abgeschweift.

Naja, warum ich mich von Laura trennen musste: Unsere Beziehung basierte nur noch auf Sex und darauf, was denn im Krankenhaus in der Arbeit los sei. Unsere Freizeitaktivitäten waren eingeschlafen und ein tiefgründiges Philosophieren war auch nicht mehr möglich. So tat ich also, was ich tun musste und zog die Reißleine.

So, Doc, das war es bis dahin zum Thema Beziehungen ... klar, ich kann nicht abstreiten, dass ich auch weiterhin ein sehr erfülltes Sexualleben habe. Dennoch ist eine feste Partnerin erst einmal tabu.

Wie bitte, Doc? Sie fragen wirklich, ob ich sexsüchtig bin?

Ist das wirklich Ihr Ernst? Naja, sagen wir es mal so – Sex bringt mir Befriedigung und Bestätigung, dass ich für die Damenwelt weiterhin attraktiv und anziehend bin.

Doc, Sie werden mir ja nicht erzählen wollen, dass Sie nicht gerne und oft Sex haben?!

Ob ich Sex über Liebe stelle? Nein, sicherlich nicht, aber ein ausgewogenes Sexualleben trägt dem Wohlbefinden von Körper und Geist bei. Und seien wir doch einmal ehrlich: Was gibt es Schöneres und Besseres, als wenn die Liebe und der Verkehr im Einklang sind? Richtig, es gibt nichts genialeres!

Doc, Sie meinen über Liebe hätte ich noch nicht gesprochen nur über Sex und Beziehungen. Was Liebe für mich bedeutet?

Heute sehe ich viele Dinge anders: Ich glaube man liebt einen Menschen nicht aufgrund seiner äußeren Erscheinung. Es ist total egal, ob eine Frau groß, klein, dick oder dünn ist. Einzig und allein wichtig ist, ob sie das Herz am rechten Fleck hat. Denn was bringt es, mit der schönsten Frau der Welt zusammen zu sein, wenn sie gefühlskalt ist? Ich habe wirklich sehr, sehr lange gebraucht um zu realisieren, was Liebe ist… und ich wünsche mir eine Frau an meiner Seite, die mich vervollständigt. Die mich so nimmt wie ich bin. Nicht trotz, sondern wegen meiner Macken. Liebe heißt, wenn man sich nicht komplett fühlt, wenn die Partnerin nicht in der Nähe ist.

Ja, Doc. Und ich hoffe, ich darf so eine Liebe noch einmal erfahren in meinem Leben.

Damit beenden wir dieses Thema, Doc

Wer bist du jetzt, Mark?

Ja, Doc: Natürlich kommen wir auf die Situation zu sprechen, weshalb ich jetzt hier auf der Couch liege und Ihnen meine Lebensgeschichte erzähle.

Eigentlich war ich mein ganzes Leben lang ein fröhlicher, gut gelaunter und hilfsbereiter Mensch. Es war mir egal, was ich machen musste, um meinem Umfeld eine Freude bereiten zu können – ich habe es einfach gemacht. Ich habe in den Tag hinein gelebt und dachte, wie herrlich das Leben und die Welt an sich sind. Im Grunde war es mir immer eine Herzensangelegenheit, meine Mitmenschen, Kollegen und auch Patienten zu entertainen und ihnen ein gutes Feeling zu vermitteln. Es gab mir auch immer unheimlich viel Kraft, wenn ich ein positives Feedback meiner Patienten im Krankenhaus vernehmen durfte.

»Danke, Mark – durch Ihre Art schaffen Sie es, dass ich die Sorgen für ein paar Stunden ausblenden kann.«

»Mark, sind Sie morgen auch wieder im Dienst? Ich würde mich freuen.«

Ja, solche Statements gaben mir Motivation und Energie, und zeigten mir, dass das, was ich mache, richtig ist. Ich konnte den Kranken den Tag erleichtern, alles andere interessierte mich nicht und ging mir, gelinde gesagt, am Arsch vorbei. Ich sah mich nicht wie manche meiner Kollegen als Dienstleister und Verrichter, sondern ich sah mich in erster Linie als Mensch, der anderen helfen möchte, egal ob der Dienst dann etwas länger als acht Stunden dauerte. Ich ging zur Arbeit mit dem Ziel: Ich will, dass es meinen Patienten gut geht – und ich gehe erst nach Hause, wenn gewährleistet ist, dass es ihnen gut geht!

So arbeitete ich zweieinhalb Jahre voller Engagement, Hingabe und Liebe für diesen Job, den ich nicht als Job, sondern als Berufung sah. Ich wusste, wer ich bin, ich wusste, was ich will und ich war mir verdammt sicher, dass ich das, was ich mache, verdammt gut mache!

Ja, wie das Leben manchmal so mit einem spielt, hatte ich einen schweren Autounfall, der mich zu zwölf Wochen Arbeitspause zwang – und ich dachte, ich könnte mein Staatsexamen ablegen. Nein, ich durfte es nicht ablegen, denn ich hatte zu viele Fehlzeiten gesammelt während meiner »Schaffenspause«.

So kam eins zum anderen. Ich wusste, dass ich in der Berufsschule gute Noten hatte – ich denke, ein Schnitt von 1,9 und Stationsbeurteilungen meiner Chefs mit 1,7 sprechen für sich. Dennoch ließ man mich nicht zum Staatsexamen zu. Selbst auf Bitten meiner Stationschefs wurde mir der Wunsch auf Zulassung zum Examen nicht gewährt. Ich fing an, über die Ungerechtigkeit in dieser Branche zu sinnieren, die sich kurioserweise noch Gesundheitssektor schimpfen darf.

Doc, und wissen Sie, es gibt nur eine Branche, in der man aufgrund zu hoher Fehlzeiten nicht seinen Abschluss machen darf – können Sie sich vorstellen, welche Branche ich hier anspreche? Richtig, die Gesundheitsbranche. Das ist doch eine verkehrte Welt.

Ja, und weil sich das Pech meist häuft, erfuhr ich aus einer sicheren Quelle, dass ein höheres Tier unserer Schulleitung, Gottfried Gibler, mit einer meiner Kolleginnen eine Affäre hatte, die mit mir den Abschluss machen sollte. Die gute Lana (das war ihr Name) war schulisch völlig indisponiert und hatte einen Schnitt von 3,98 sowie Stationsbeurteilungen von 3,83. Auch ihre Fehlzeiten waren über dem zugelassenen Maximum angesiedelt. Klar, jetzt kann man sagen, das seien alles Gerüchte gewesen – aber nein, Lana versicherte mir persönlich, dass ihre Leistungen und Fehlzeiten so waren, wie von mir beschrieben.

Gut, dachte ich, meine Kollegin wird das selbe Schicksal ereilen wie mich und wir werden das Examen ein Jahr später ablegen müssen. Doch wie so oft in meinen Leben hatte ich mich geirrt, da die gute Lana mit dem Gibler schlief, bekam sie einen Freifahrtschein und bestand die Prüfungen mit einem wundersamen Schnitt von 2,1.

Warum ich jetzt so einen Hass auf Gibler schiebe, Doc? Wollen Sie das wirklich wissen?

Okay, dieser Arsch hat mir noch zwei Wochen vor den Zulassungen für das Examen versprochen, dass ich es ablegen darf, denn meine Leistungen würden für sich sprechen und es würde keine Probleme geben. Dieser Bastard erachtete es nicht einmal für notwendig, mir unter vier Augen zu sagen, ich wäre nicht zugelassen – nein, ich erfuhr per Brief der Pflegekommission davon, dass mir die Zulassung verwehrt wurde!

Das ist der Grund, warum ich Gibler am liebsten einen Tritt in die Eier verpassen und bei der Gelegenheit auch gleich noch seine Geliebte vernaschen würde – dieser Hurensohn hat es nicht anders verdient!

Sorry, Doc, ich konnte meine Emotionen gerade nicht kontrollieren, aber was raus muss, muss raus und Sie meinten ja, Wut solle man nicht aufstauen.

Doc, können Sie jetzt verstehen, warum ich mich beruflich ziemlich verarscht fühle und ich nicht mehr an Gerechtigkeit im Job glaube?

Ja, dann bin ich aber beruhigt, dass Sie es verstehen, denn zuerst dachte ich: Ticken die nicht richtig um mich herum, oder bin ich es, der sonderbar wirkt?!

Und Doc, das war der Startschuss, der meine persönliche Misere einläutete. Denn ich fing an, alles zu hinterfragen und dann führte eins zum anderen. Ich fing an, über meine Vita nachzudenken.

Ich weiß wahrlich nicht, wann der Tag kam, an dem ich erkannte, dass alles, was ich jemals in die Hand genommen hatte, schief lief. Eigentlich ist »schieflaufen« eine gründliche Untertreibung. Vielmehr hinterließ ich überall verbrannte Erde, sei es familiär, beruflich, beziehungstechnisch – es kommt mir vor, als ob ich die Scheiße am Schuh hängen haben würde.

Naja, momentan bin ich ein Häufchen Elend, das sich von der Welt abschotten will, denn es ist einfach so, dass ich die Menschen um mich herum nicht ertragen kann und die Person, welche ich im Spiegel sehe, abgrundtief verabscheue.

Warum das so ist?

Eine plausible Erklärung hierfür habe ich nicht gefunden, Doc. Sonst wäre ich ja jetzt nicht hier.

Ich fühle mich einfach nur von der Welt betrogen, will es jedem recht machen und versuche, immer das Gute im Leben und in den Menschen zu sehen. Vielmehr komme ich mir ziemlich verarscht und ausgenützt vor, was meine Gutmütigkeit betrifft.

Es ist für mich unbegreiflich, dass Arschlöcher, wie sie im Buche stehen, alles bekommen – Geld, Ansehen, Frauen, Ruhm ... obwohl sie keinerlei Skrupel besitzen, über Leichen zu gehen. Trotz ihres Scheißcharakters besitzen sie alles und regieren die Welt. Während die, zu denen ich mich auch zähle, mit ihrem Verständnis und ihrer Hilfsbereitschaft immer nur bezahlen müssen.

Mittlerweile habe ich für mich eingesehen und kapiert, dass man als netter Junge nur ein Knecht ist, der den Säuen zum Fraß vorgeworfen wird.

Ja, zu dieser Erkenntnis gelangte ich, da ich immer versucht habe, für jeden Menschen in meinem privaten oder auch beruflichen Umfeld da zu sein, egal ob in guten wie in schlechten Tagen. Es war mir egal, ob man gut befreundet war oder sich einfach nur kannte. Ging es meinen Mitmenschen schlecht, ob körperlich oder psychisch, ich war immer da und wollte sie ablenken und ein guter Zuhörer sowie Ratgeber sein. Doch in Zeiten, in denen du Scheiße fressen musst, zeigen sich erst deine wahren Freunde. Es sind die, die da sind, wenn du sie nicht darum bittest, es sind die, die dir den Arsch retten, wenn es ungemütlich wird, es sind die, die an deiner Seite kämpfen, auch wenn sie wissen, dass es aussichtslos ist.

Doc, diese Jungs habe ich Ihnen ja bereits vorgestellt, solche Kerle, für die es sich lohnt, den Glauben in die Menschen doch nicht ganz zu verlieren. Es zeigt mir, dass es wirklich noch Menschen gibt, die mit dem Herzen denken, anstatt nur mit ihrem Verstand und Hintergedanken, wie man sich denn am Besten profilieren könne.

Persönlich glaube ich, dass meine negative Einstellung meinen Mitmenschen gegenüber daher kommt, dass ich in meinem Leben zu oft enttäuscht wurde. Vielleicht habe ich Naivling ja auch immer zu viel erwartet, denn ich dachte, dass die Menschen es niemals vergessen, wenn man was für sie getan hat. Gute Taten und Ehrlichkeit würden belohnt und wertgeschätzt. Ja, hier lag ich falsch: Nur die wenigsten aller Menschen haben so etwas wie Dankbarkeit und Loyalität im Sinne. Vielmehr erwarten sie von dir immer und immer mehr. Wenn du einmal für sie da warst, musst du auch in anderen Situationen jederzeit erreichbar und hilfsbereit sein.

Ja, ich Idiot dachte so: Was du wirklich bekommst, ist ein Arschtritt, wenn du genau diese Menschen brauchst.

Vielleicht bin ich auch einfach nur überfordert mit meinem Leben und will allem gerecht werden …

»Mark, ruf doch hier an.«

»Mark, melde dich dort.«

»Mark, wann hast du deine Mutter zuletzt besucht?«

»Mark, kannst du den Dienst für deine Kollegin übernehmen?«

Mit diesen Aufgaben und Bitten werde ich tagtäglich konfrontiert und natürlich, der nette Mark macht doch alles.

Aber es kam der Tag, an dem ich mich mal gefragt habe, was denn die Umwelt für mich tut und siehe da:

Wer ruft Mark an?

Wer meldet sich bei Mark?

Wer besucht Mark?

Wer übernimmt Marks Dienst?

Richtig, Doc – Sie können es sich ja denken. Die Antwort auf all diese Fragen lautet: Keiner!

Genau das ist der Grund, weshalb ich die meisten Menschen verachte und weshalb ich den Menschen im Spiegel verabscheue: Ich will allem gerecht werden und scheitere bereits am Anfang kläglich. Ich habe die Freude am Leben verloren und hasse mich und meine Mitmenschen. Nein, meine Mitmenschen hasse ich nicht, nur sehe ich es mittlerweile so, dass 75 Prozent der Weltbevölkerung nicht mehr wert sind als ein Haufen Scheiße. Ich weiß, das sind harte Worte. Scheiße stinkt und ist unangenehm, und genauso sehe ich die Welt.

Doc, sehen Sie sich Nachrichten an oder lesen Sie seriöse Tageszeitungen? Nein, ich meine nicht

Blöd-Zeitung, pardon, Bild-Zeitung, sondern journalistisch wertvolle Lektüre.

Ja, Doc, das machen Sie. Was sehen Sie denn täglich in den Nachrichten? Hungersnöte in Afrika, Völkermorde im Iran, Flüchtlingskrisen, Wirtschaftsbosse, die Betrügen, um noch mehr Profit zu machen, Lebensmittelskandale: Das sind unsere täglichen Nachrichten. Ich frage mich, wann zeigt man die guten Dinge auf der Welt?

Sportstars und Schauspieler verdienen Millionen an Gehältern und Gagen, der Arbeiter kann mit seinem Einkommen kaum mehr eine dreiköpfige Familie ernähren, Rentner müssen zur Tafel gehen, weil ihre Rente nicht mehr ausreicht, all das lesen wir in der Zeitung.

Wo sind denn die positiven Aspekte des Lebens? Gibt es sie überhaupt noch?

Wie sehen Sie das, Doc?

Gibt es denn eine Gerechtigkeit auf Erden?

Ehrlich, ich dachte immer, es gibt sie, aber meine Hoffnung darauf stirbt jeden Tag ein Stückchen mehr. Wir leben in einer verdammt zynischen Welt!

Hm, Doc, genau solche Gründe bringen mich dazu, zu resignieren und mich jetzt mit Ihnen über mein Leben zu unterhalten.

Denke ich etwa falsch oder ist die Welt nur noch besiedelt von einem Haufen Egoisten, die nichts, aber auch gar nichts mehr als wichtig erachten, außer ihr eigenes Wohlbefinden? Leben wir in einer Welt, in der man sich am Unglück anderer aufgeilt, weil das eigene Leben so langweilig und monoton ist? Leben wir in einer Welt, in der Herz und Liebe nichts mehr zählen, sondern nur noch Geld und Macht?

Doc, können Sie mir diese Fragen beantworten?

Ich hoffe doch, dass Sie hier einen Lösungsansatz parat haben.

Ja, Doc, Sie wollen wissen, welche weiteren Vorkommnisse mich dazu veranlasst haben, mich bei Ihnen auszukotzen und auf die Couch zu legen.

Auch wenn es komisch klingt, nach alldem, was ich Ihnen bereits über mich erzählt habe, gab es einen Punkt in meiner Familie, der mir den Rest gab. Doc, Sie müssen wissen, für mich war mein Großvater Erich senior immer eine Institution, er war quasi mein Ersatzvater. Ich glaube, einen Großteil meines sehr sonderbaren Humors und meiner Lebenseinstellung habe ich mir von ihm abgesehen. Er war immer für mich da, sowohl während der Scheidung meiner Eltern als auch danach. Wann immer es Probleme gab, mein Opa gab mir immer herausragende Ratschläge, ob in der Liebe, beruflich oder zwischenmenschlich. Er war und ist ein weiser Mann, vor dem ich absoluten Respekt habe. Er kann zwar ab und an etwas cholerisch werden, was ich furchtbar witzig finde, aber er ist eine ehrliche und treue Haut.

Ja, jetzt komme ich zum eigentlichen Vorfall, der mir sehr an die Nieren ging.

Eines Abends läutete mein Handy und ein Anruf aus Rosenheim ging ein. Meine Großmutter sagte mir unter Tränen – Erich Senior hatte einen schweren Schlaganfall und liegt auf der Intensivstation. Ich packte sofort meine Sachen und machte mich auf dem Weg zu ihm ins Krankenhaus. Ich wollte so professionell wie möglich wirken, da ich ja aus der Pflege komme, aber ich sah einen Menschen vor mir, der mit dem Menschen, den ich kannte, so gar nichts mehr gemein hatte. Innerlich zerbrach meine Seele bei der Erkenntnis, dass Großvater gar nichts mehr allein machen könne. In seine Stammkneipe gehen, Auto fahren, sich waschen, selbstständig essen, richtig sprechen, sich bewegen.

Natürlich hatte ich nicht lang gewartet und die nächstmögliche Gelegenheit ergriffen, mir den behandelnden Arzt zu schnappen, um über das genaue Ausmaß des Schlaganfalls aufgeklärt zu werden. Genauso wollte ich die Prognose und die Chancen auf die Rehabilitation und Genesung wissen. Was mir der Doktor als Antwort gab, bestätigte meine schlimmsten Befürchtungen und ich habe in meinen Leben nie ein schlechteres Gefühl verspürt, als dieses, mit dem ich die Gewissheit bekam, dass mein Opa ein völlig anderer, hilfloser Mensch sein wird und nie, aber auch wirklich nie wieder so sein wird, wie er es war.

Ich hatte meinen Vaterersatz verloren, meinen treuen Kumpel und Ratgeber des Lebens.

Auch wenn Sie es etwas komisch empfinden, Doc, aber mir wurde die zweitwichtigste Person meines Lebens entrissen, obwohl sie noch lebt – aber nicht mehr so, wie er es will und wie man ihn kennt. So, jetzt sagen Sie mir nicht, dass das Leben fair sei, Doc …

Kommen Sie mir bitte nicht mit dieser verfickten Scheiße, ok?!

Ein weiterer Grund, warum ich nur noch ein Schatten meiner selbst bin, ist, dass ich die Liebe meines Lebens Kerstin verloren habe. Wie ich vorher schon beschrieben habe, riss es mir das Herz aus der Brust, und ich habe bis heute nicht verarbeiten und verdauen können, warum die Frau, für die ich alles, aber auch wirklich alles aufgegeben hätte, mich einfach im Regen stehen ließ – in der schwersten Phase meines Lebens.

Wie ich das meine, Doc? Ja, ich gehe ins Detail.

Ja, es ist so... Kerstin wollte sich beruflich von Starnberg nach Wien verändern, da sie dort bessere finanzielle und karrieretechnische Aussichten in ihrem Beruf als Fremdsprachenkorrespondentin gehabt hätte. Natürlich hatte ich dafür Verständnis und konnte ihren Wunsch auch nachvollziehen. Zwar hänge ich wirklich sehr an Starnberg, aber ich denke, Liebe ist nicht ortsabhängig und man fühlt sich überall daheim, wenn der Mensch, welchen man liebt, mit einem gemeinsam an diesem Ort ist. Auch wenn es mir schwergefallen wäre, aber ich hätte meine Mum, meinen Großvater und meine Kumpels verlassen und wäre mit Kerstin nach Wien gezogen. Ebenso hätte ich meinen Beruf im Spital aufgegeben und hätte mir in Österreich Arbeit gesucht. Es hätte mich nicht interessiert, was ich hier aufgäbe, denn ich wusste, ich liebe diese Frau und will mit ihr mein Leben verbringen.

So, Doc, verstehen Sie jetzt, was ich mit »alles aufgeben« meine?

Ja, Doc, ich war auf Wolke sieben und wurde dann relativ schnell und sehr unsanft auf den Boden der Tatsachen zurückgeholt!

Ich war mir so sicher, dass Kerstin mit mir die schwere Zeit gemeinsam meistern würde – angefangen mit dem beruflichen Mist und dann noch die Scheiße mit dem Schlaganfall meines Opas – ja, dieser Umstand machte mir zu schaffen – aber meine Traumfrau und ich, wir trotzen allen Problemen, ich war mir so sicher, wie noch nie in meinem Leben! Es kam mir einfach nicht in den Sinn, dass ich eines Tages wieder allein sein werde. Ich hatte ja gefunden, was ich immer gesucht hatte.

Jedoch hatte Kerstin nicht gefunden, was sie gesucht hatte und anstatt meiner zwei großen Sorgen hatte ich nun drei. Sie war weg, sagte mir, sie wolle sich allein verwirklichen und es täte ihr leid.

Von da an begriff ich für mich: Man ist im Leben immer ein Einzelkämpfer, du wirst allein geboren und du stirbst einsam.

Wie viele Menschen sagen Ihnen schöne Worte, Doc? Glauben Sie mir eines, Doc: Schöne Worte sind nicht immer wahr und wahre Worte sind nicht immer schön.

Ja, so ist die Realität.

Immer öfter und immer intensiver kam mir der Gedanke in den Sinn, wie es denn in einer Welt ohne mich aussehen könnte und ich musste daran denken, was meine Eltern alles erreicht hätten, wenn ich niemals geboren worden wäre.

Wem hätte ich alles Leid erspart, wenn es mich niemals gegeben hätte? Ja, diese Fragen beschäftigten mich immer und immer wieder, und ich fand keine Ruhe mehr, je mehr ich darüber nachdachte, für wen ich alles eine Belastung darstellen würde.

Natürlich konnte das nicht die einzige Frage sein, die ich mir in diesem Zusammenhang stellte – nein, ich fing an, zu philosophieren, wie es denn im Jenseits sei. Ist dort wirklich das Paradies, dass uns zu Lebzeiten versprochen wird? Sind dort all meine Sorgen und Nöte vergessen? Finde ich dort mein Glück, innere Zufriedenheit und Liebe?

Freilich konnte ich mir diese Fragen nicht beantworten – hätte ich es geschafft, wäre ich wohl der erste Mensch der Geschichte, der voraussehen kann, wie das Ableben wirklich stattfindet und was uns danach erwartet.

Beruflich, beziehungstechnisch und familiär war mein Leben jetzt ein kompletter Scherbenhaufen. Ich zog mich aus der Gesellschaft zurück, war froh, wenn ich von nichts und niemanden etwas hören und sehen musste. Ich kam mir nur noch vor wie ein Häufchen Elend und wusste, dass die Welt sich gegen mich verschworen hatte. Was hatte ich nur gemacht, dass mich das Schicksal härter trifft als Hiob? Das war eine der zentralen Fragen, die ich mir gestellt hatte.

Zuerst dachte ich, dass sich meine Gesamtsituation bessern würde, wenn ich nur eine kleine Auszeit aus meinem Leben nehmen würde – tja, so war es leider nicht. Meine Probleme, Ängste und meine innere Unzufriedenheit wurden täglich, ja stündlich mehr. Ich musste einen Weg finden, um den ganzen Dreck um mich herum vergessen zu können und ich fand ihn schließlich – und zwar im Alkohol.

Ja, Doc – Alkohol ist keine Lösung.

Das begriff ich dann auch irgendwann einmal.

Angefangen hatte es eigentlich ganz harmlos, an einem Samstagabend machte ich mir eine Flasche Bier auf, um meine wiederkehrende Einsamkeit etwas zu bezwingen. Ich merkte, dass ich innerlich ruhiger wurde. Was also bot sich Besseres an, als gleich das nächste Bierchen zu öffnen? Nichts! Der Abend war gerettet – meine Probleme und mein verkorkstes Leben waren wie weggeblasen.

Leider wurde das Trinken zur Gewohnheit. Angefangen hatte es an Wochenenden mit einer Dosis von zwei bis drei Bier, doch ich hatte das Verlangen nach mehr und so kam es, dass mein Absturz vorprogrammiert war. Ich konnte mich und mein Leben nicht mehr ertragen ohne dem süßen Gold in meinem Mund – schließlich trank ich täglich zehn Bottel Bier, ja, so ging es mir dann auch mal gut und mein Leben war okay. Die Außenwelt interessierte mich nicht und ihre Meinung war mir kackegal. Was hatte ich immer auf ihre Ratschläge und Klugscheißerei gehört? Zu oft schon, dachte ich mir, und überhaupt, deine Freunde haben doch keine Ahnung, wie es in dir aussieht und warum du zur Flasche greifst?! So rechtfertigte ich meinen Alkoholkonsum, der mit Bier begann.

Doch es kam der Tag, an welchem mir mein kühles Blondes nicht mehr die Befriedigung brachte, die ich so dringend benötigte…hm, was tun, Mark? Richtig, auf zum nächsten Schnapsladen – Jägermeister, Jack Daniels und Wodka gekauft und genüsslich die Kehle runtergespült. Ja, ich fühlte mich wie der König der Welt. Keine Probleme, alles im Einklang, keine Menschen, die dir Vorschriften machen: Ja, du hast es geschafft, Mark!

Doch, Doc, das Einzige, das ich geschafft hatte, war der Absturz von einem lebensfrohen, herzensguten Menschen zu einem versoffenen Alki.

Natürlich, Doc, kam der Zeitpunkt, an dem ich realisierte, dass ich gerade drauf und dran war, mich und meinen Körper zu zerstören.

Sie wollen wissen, welches Schlüsselerlebnis es gab, dass mir die Einsicht bescherte, dass das Saufen mich kaputtmacht?

Ja, Doc … eigentlich ganz einfach. Eines Morgens bin ich nüchtern aufgewacht und ich sah mich im Spiegel an. Ich erkannte mich selbst nicht mehr – unterlaufene Augen, aufgedunsenes Gesicht – wer war das da im Spiegel? Mark, nein, das bist nicht mehr du! Ich ekelte mich vor der Person, die mein Ebenbild war, und es kam mir der Gedanke: Was hast du nur mit dir getan? Du erbärmlicher Versager!

Es war der Wendepunkt, ich kämpfte gegen meine Alkoholsucht an und konnte sie besiegen. Natürlich musste ich mit mir kämpfen, ich hatte während meines selbstverordneten Entzugs anfangs immer Übelkeit, Schweißausbrüche und mein Kopf fühlte sich schrecklich an. Klare Gedanken konnte ich auch nicht fassen, aber ich wusste, ich musste es schaffen, sonst würde ich mein komplettes soziales Umfeld verlieren!

Nein, das durfte nicht passieren – meine Jungs, meine Mum – allein für sie war es wert, zu kämpfen!

Und Doc, ich sage Ihnen eines – ich hab den Kampf gegen den Alkohol gewonnen, auch wenn es lange Zeit sehr schlecht aussah – ich hab's geschafft! Ich hatte mich nicht aufgegeben!

Doc, ja, ich war einerseits stolz auf mich, mein Alkoholproblem besiegt zu haben, aber andererseits waren sie noch immer da, die Geister, die ich teils selbst gerufen hatte.

Nein, ich hatte es bis kurz vor meinem dreißigsten Lebensjahr nicht geschafft, eine funktionierende Beziehung zu haben. Wissen Sie, Doc, es war immer mein Traum von klein auf, eine Frau zu haben, mit der ich eine liebevolle, vertraute Ehe führen kann und dass unser Glück durch gemeinsame Kinder komplettiert wird. Es schwebte mir auch im Kopf vor, dass meine Familie und ich in einem schönen kleinen Haus leben und einen großen Hund haben würden.

Oh, Doc – Träume und Realität – nein, rein gar nichts ist von meinem Wunschdenken eingetreten, ich bin einsam, allein und von einer Familie so weit entfernt wie Deutschland vom Mond. Ja, wie Sie merken, Doc, das schlägt mir doch ziemlich auf den Magen und ich fühle gerade wieder eine innere Leere.

Und es gibt ja immer noch das berufliche Problem. Wissen Sie, ich wollte es immer allen recht machen in der Krankenpflege – ich liebe meine Patienten, sie sind mein höchstes Gut. Ich dachte, kurz vor meinem dreißigsten Lebensjahr hätte ich es zu etwas gebracht – nein, ich war ambitioniert und Fachpfleger oder Stationsleitung schwebten mir vor – und sehen Sie mich jetzt an: Ich bin nach wie vor ein kleiner Pfleger, der nichts zu melden hat. Irgendwie dachte ich anscheinend selbst, ich sei für etwas Großes bestimmt, doch wurde ich sehr schnell geerdet.

Doc, kennen Sie das Sprichwort: »Wer ganz oben steht, fällt auch tief?« Ich denke, das trifft voll auf meine eigene Erwartungshaltung zu. Ich wollte nicht nur gut sein, ich wollte der Beste sein – und was bin ich jetzt? Verschollen in der Versenkung ...

Doc, als ich vorher von den Umständen erzählt habe – nein, ich kann wahrlich nicht abstreiten, dass ich nicht auch Schuld, wenn es denn eine Schuldfrage geben sollte, an der allgemeinen negativen Entwicklung meines Lebens habe und jetzt mein persönliches Waterloo erlebe. Vielleicht war ich zu ehrlich und habe manchmal das Maul zu weit aufgerissen, anstatt einfach mal die Schnauze zu halten und Ungerechtigkeiten hinzunehmen. Vielleicht war ich aber auch nur naiv und dachte, das ganze Leben sei ein Wunschkonzert? Oder vielleicht war es eine Mischung aus beidem, das mich in meine missliche Lage bugsierte. Hiermit meine ich, Doc – es kann durchaus sein, dass ich mich schon für zu gut hielt und das auch öffentlich kommunizierte. Durch die Lobhudeleien in meiner Ausbildung konnte es schon sein, dass ich etwas abgehoben war und mir dadurch Stücke vom Kuchen nahm, die mir gar nicht gehört hätten. Doc, Sie wollen das genauer erörtert?! Ja, ich dachte, durch das Feedback meiner Ausbilder und Kollegen, die mich als einen der besten Lehrlinge seit Jahrzehnten bezeichneten, könne ich mir eine Sonderbehandlung erlauben. Damit meine ich, meinen Dienstplan so einteilen lassen, wie es mir passt. Schichten arbeiten wie ich es möchte. Ebenso spekulierte ich darauf, sofort eine Fachweiterbildung machen zu dürfen, die eigentlich erst als examinierte Pflegekraft relevant ist. Ich wurde arrogant und sehr überheblich gegenüber meinen Kollegen, denn ich dachte, ich sei die Zukunft des Spitals. Weshalb ich zu der Ansicht gelangte, hm?

Ehrlich, Doc, ich weiß es nicht. Das Einzige, was ich weiß, ist, dass es mir beschissen geht und ich nur noch traurig, niedergeschlagen und einsam bin.

Ja, wenn das Leben einen fickt, dann denkt man viel über Gott und die Welt nach, und ich dachte, vielleicht könne mir ja eine der Weltreligionen den Halt vermitteln, den ich jetzt so dringend brauche. Zeigt mir Gott etwa einen Weg auf? Ich war neugierig und ließ mich auf das Gedankenspiel ein – denn was hatte ich noch zu verlieren?!

Und so befasste ich mich mit dem Glauben und gelangte zu meiner Ansicht.

Ach, Doc, wie meine Ansicht bezüglich Glaube, Gott und Religion ist, wollen Sie wissen? Warum verstehe ich jetzt nicht ganz.

Okay, ich werde Ihnen meine Ansichten schildern. Hm, »Religion ist Opium fürs Volk«, das sagte einst

Karl Marx und wenn ich darüber sinniere, ja, Marx hatte absolut recht. Denn warum sollte man den Weg ins Paradies, in den Himmel oder wohin auch immer, nur antreten, wenn man so gelebt hat, wie es sich ein Gott vorgestellt hat. Allgemein hab ich ein Problem damit, einen Gott, der Schöpfer der Erde und des Universums sein soll, anzuerkennen. Ich stelle mir hier die Frage, wenn es einen Allmächtigen gibt, warum müssen dann so viele Menschen in Armut leben, verhungern und weshalb führen Menschen untereinander Krieg?

Ach ja, Doc, und dreiviertel aller Kriege basieren auf Religionsunterschieden – hierfür habe ich dann nur die logische Schlussfolgerung parat, dass es keinen Gott geben kann, denn sonst würden sich Leute nicht wegen anderer Ansichten quälen und ermorden. Hier möchte ich nur einmal auf die Kriege basierend im Namen des Christentums, Judentums und des Islam hinweisen – ich denke nicht, dass ein Allmächtiger Herrscher wollen würde, dass sich seine Kinder auf Erden umbringen.

Doc, es ist nicht so, dass ich der Menschheit ihren Glauben abspenstig machen möchte, denn: Natürlich ist es für manche sehr wichtig, einen gefestigten Glauben zu haben und einer Religion anzugehören.

Ich denke durchaus, dass es Halt und Festigung im Leben geben kann, und ich respektiere das auch.

Ich für meinen Teil finde dennoch keinerlei Halt und Festigung darin. Nein, vielmehr hinterfrage ich Glauben und Religion und komme zu dem Schluss, dass man, sofern man denn Ehrlichkeit, Brüderlichkeit und Nächstenliebe propagiert und vielleicht sogar versucht wirklich vorzuleben, immer Scheiße fressen muss – denn der Großteil der Menschheit nutzt diese Attribute des Individuums zu ihrem Vorteil aus.

Ja, Doc, und genau das ist der Grund, weshalb ich bei Ihnen in der Therapie bin und mir eine Lösung des Problems erhoffe. Mein Leben ist mir über den Kopf gewachsen, ich habe Angst davor, vor die Haustür zu gehen und in den Himmel zu schauen. Ich habe Angst davor, in einer Gesellschaft zu leben, in der das Individuum nichts mehr zählt und man nur der Masse hinterherrennen muss. Ich habe Angst, eine Meinung der Allgemeinheit übernehmen zu müssen, nur weil meine Ansichten vielleicht unbequem sind. Ich habe Angst davor, wieder von Menschen enttäuscht zu werden, die ich liebe. Und Doc, ich habe Angst davor, einfach nur allein auf dieser Erde gegen den Rest bestehen zu müssen. Ich habe Angst davor, nie wieder Freude und Liebe empfinden zu können, da es sich in meiner Brust anfühlt, als wäre dort nur noch ein kalter, schwerer Stein. Ich habe Angst davor, nie wieder Empathie und Herzlichkeit ausstrahlen zu können. Ich habe Angst davor, nie wieder ein brauchbares Mitglied der Gesellschaft zu sein. Ich habe Angst davor, dass sich alle Menschen, die mir in meinem Leben wichtig sind, von mir abwenden. Ich habe Angst davor, in einer Welt, in der Anstand und Moral nichts mehr wert sind und nur noch Materialistisches zählt, leben zu müssen. Ich habe Angst davor, dass Charakter und Herz nichts mehr bedeuten, sondern nur noch Rücksichtslosigkeit und Egoismus das Maß aller Dinge sind. Ich habe Angst davor, dass mir mein Leben komplett entgleitet, und ich habe Angst davor, alt, verbittert, allein und einsam sterben zu müssen!

Ja, Doc, ich habe verdammt noch einmal Angst vor meinem Leben und ich würde am liebsten wegrennen.

Können Sie meine Ängste, Zweifel und Nöte verstehen? Sie sind der Einzige, der mir helfen kann.

Lange Zeit habe ich stark gewirkt und war für andere da. Doch innerlich war ich leer und allein, aber ich konnte meine Schwäche nicht zeigen.

Aber jetzt muss alles raus, Doc. Jetzt liege ich hier und erwarte mir nicht mehr und nicht weniger, als dass Sie mir helfen können.

Ich habe den Frust und die Angst heruntergeschluckt, denn ich dachte, echte Männer machen das so. Habe mir nach außen nicht anmerken lassen, wie allein, traurig und hilflos ich doch bin. Ich habe ein lachendes Gesicht aufgesetzt, auch wenn mir zum Weinen zumute war. Habe Party gemacht, wenn ich am liebsten lebendig begraben worden wäre. Ja, Doc, so sah es lange in mir aus.

Aber nun kann ich nicht mehr, und alles bricht aus mir heraus.

Doc, wie kommen Sie darauf, dass ich jemals den Gedanken hatte, Suizid zu begehen?!

Nein, niemals kam mir in den Sinn, mir das Leben zu nehmen, denn ich habe ja schon so viele geile und tolle Seiten erlebt, die ich nicht missen möchte. Nein, ich denke, es ist gerade einfach die schwierigste und härteste Phase, die ich in meinem Leben durchmachen muss. Würde ich nicht mehr daran glauben, dass auch die guten Zeiten wiederkommen, dann hätte ich mir doch niemals Hilfe bei Ihnen gesucht, oder?

Sehen Sie, Doc, ich will wieder zu dem werden, der ich einst war! Und genau deswegen bin ich bei Ihnen!

Wer willst du sein, Mark?

Ja, Doc, ich bin hier, damit Sie mir helfen, wieder der Mensch zu sein, der ich war, beziehungsweise jener zu werden, welcher ich immer sein wollte.

Ja, Doc, ich möchte ein Mensch sein, der andere inspiriert – nein, damit meine ich nicht, dass ich den Mount Everest erklimmen muss oder mit dem Fahrrad die Welt umrunden. Nein, ich möchte ein Mann sein, an den man sich gerne erinnert, und zwar als guten, herzlichen, gerechten und ehrlichen Typen. Das ist mir das höchste Anliegen überhaupt, aber ich weiß nicht, ob ich das ohne Ihre Hilfe erreichen kann.

Klar, all diese Eigenschaften hatte ich einmal, aber sie sind mir auf meinem Lebensweg abhandengekommen. Als ich anfing, meine Freude und Motivation zu verlieren, gingen all meine positiven Charakterzüge ebenso flöten.

Doc, denken Sie, Sie können diese verlorenen Tugenden wieder in mir wecken? Ich setze meine Hoffnungen in Sie!

Natürlich gibt es noch mehrere Dinge, die ich erreichen möchte. Eines davon ist, dass ich der fürsorgliche Familienmensch werden möchte, den ich einst in meiner Jugend immer an meiner Seite gesucht habe. Ich will für meine Mum und ihren Mann immer da sein, wann immer sie mich brauchen – ungefragt, 24 Stunden, 7 Tage die Woche und 365 Tage im Jahr. Ich will der Fels in der Brandung sein, ich will Verantwortung übernehmen und den Personen, die ich liebe und schätze, zeigen: Ich bin da, ihr könnt euch auf mich verlassen! Wir schaffen alles zusammen, denn wir sind eine Familie!

Wenn Sie es schaffen, den Familienmenschen in mir zu wecken, Doc, dann haben Sie schier Unglaubliches erreicht und ich wäre Ihnen auf ewig dankbar! Ich glaube an Sie!

Und Glück, Doc ... ja Glück, das ist etwas, das ich wieder empfinden muss. Was gibt es denn Schöneres, als wenn man sich erfreuen kann, gesund und bester Laune jeden Morgen aufwachen zu dürfen? Was gibt es Schöneres, die Bergluft riechen zu können – so klar und frisch? Gibt es denn Schöneres, als den Sonnenuntergang genießen zu können? Gibt es Schöneres als die Menschen, die man liebt, um sich zu haben? Nein, Doc ... es gibt nichts Schöneres ... und genau das bedeutet Glück!

Ich will und muss dieses Glück wieder spüren!

Eines, und das ist mir sehr wichtig: Ich will nicht mehr über alles auf der Welt nachdenken müssen, seien es Nachrichten, Politisches, Zwischenmenschliches oder Berufliches. Ich würde gerne einfach mal nur noch auf mein Herz hören und genau das machen, wonach mir ist. Nein, ich sollte meinen Kopf einmal ausschalten und nur nach dem Bauchgefühl handeln. Ich denke, sobald ich das hinbekomme, werde ich auch ein zufriedener, glücklicher Mensch. Die Momente genießen und nicht kaputt denken, das muss das Motto sein – ich habe ja gesehen, wohin mich das Denken gebracht hat: An den Rande der Verzweiflung.

Vielleicht sollte ich einfach nur in den Tag hineinleben, denn das Leben ist wirklich zu kurz, um sich andauernd Gedanken, Ängste und Sorgen zu machen. Wie herrlich könnte es doch sein, wenn man die Zeit, welche man auf Erden verbringen kann und darf, einfach in vollen Zügen auskostet und jeden Tag so lebt, als wäre es der Letzte?

Doc, ich denke, das ist der Schlüssel zu einem schönen, erfüllten und vor allem glücklichen Dasein. Wie sehen Sie das?

Ob ich irgendetwas ändern würde, wenn ich noch einmal die Chance dazu bekommen würde? Ja, Doc – diese Frage habe ich mir schon sehr oft gestellt.

Ich kann Ihnen darauf keine Antwort geben – aber ich glaube, ich würde nichts ändern wollen, denn hätte ich nicht all diese Erfahrungen gemacht, wäre ich heute nicht der Mensch, der ich bin. Tja, zwar bin ich gerade in einer Lebenskrise, aber ich denke, ich konnte bisher viel über die Welt, meine Mitmenschen und mich lernen.

Hm, ich denke, Doc, trotz meiner Krise – alles hat seinen Grund – auch wenn ich ihn gerade nicht erkennen kann. Doch eines Tages wird auch wieder Licht durch die Nebelschwaden meines Daseins brechen. Und ich werde verstehen, warum mich das Leben vor diverse Prüfungen gestellt hat.

Aber ich brauche jetzt Ihre Unterstützung, um diese Challenge des Lebens zu meistern, Doc – und ich vertraue in Ihre Fähigkeiten!

Jetzt wissen Sie, was ich mir von Ihnen erwarte und welche Hoffnungen ich in Sie setze.

Doc, sind Sie bereit, mich auf dem Weg zurück ins Leben zu begleiten? Ich nehme die Herausforderung an und will gemeinsam mit Ihnen all meine gesteckten Ziele erreichen!

Natürlich ist mir eines klar: Rückschläge wird es immer mal wieder geben.

Also Doc, ich würde sagen: Arbeiten wir dran, denn es wird ein langer, steiniger Weg werden. Dennoch bin ich davon überzeugt, dass Sie mir den rechten Weg weisen!

ENDE

Mensch
Verletzt und doch Glücklich
Alleine und doch Gemeinsam
Heiß und doch Kalt
Jung und doch Alt

Bescheiden und doch Arrogant
Verkannt und doch ein Genie
Herz und doch Verstand
Mitte und doch Rand

Sonne und doch Schatten
Treue und doch Verrat
Ende und doch Neubeginn
Enttäuschung und doch Erleichterung

Krank und doch Gesund
Hier und doch Fort
Leben und doch Tod
Bösartig und doch Gut

Verstand und doch Emotion
Gefühl und doch (monetärer Lohn)
Mensch und doch Tier
Angeschlagen und doch Brandgefährlich
Lügner und doch Ehrlich...

...MENSCH(LICH) und doch nur ICH

ERIK SAM SPRINGER

Danksagung

Ich möchte meinen Freunden, Verwandten und meiner Familie einen Dank aussprechen. Ohne ihnen wäre dieses Buch niemals realisiert worden.

Ebenso einen herzlichen Dank an die Covergestaltung durch E. Erhardt.

Ich bin euch allen sehr, sehr dankbar!

Euer Erik Sam!